A tirania das moscas
ROMANCE

© 2022 Editora Instante

Título original: *La tiranía de las moscas*
© 2022 Elaine Vilar Madruga
Esta obra foi publicada originalmente na Espanha por Editorial Barrett em 2021.
Publicada sob acordo especial com The Ella Sher Literary Agency
e Villas-Boas & Moss Agência Literária.
Todos os direitos reservados. Proibida a reprodução total ou parcial sem a autorização prévia dos editores.

Direção Editorial: **Silvio Testa**

Coordenação Editorial: **Fabiana Medina**
Revisão: **Laila Guilherme** e **Natália Mori Marques**
Capa e Ilustrações: **Talita Hoffmann**
Diagramação: **Estúdio Dito e Feito**

1ª Edição: 2022
Dados Internacionais de Catalogação na Publicação (CIP)
(Angélica Ilacqua CRB-8/7057)

Madruga, Elaine Vilar
  A tirania das moscas / Elaine Vilar Madruga ; tradução de Carla Fortino ; ilustrações de Talita Hoffmann. — 1. ed. — São Paulo : Editora Instante, 2022.

  ISBN 978-65-87342-36-8

  1. Ficção cubana I. Título II. Fortino, Carla III. Hoffmann, Talita

22-6268   CDD Cu863
                                    CDU 82-3(729.1)

Índices para catálogo sistemático:
1. Ficção cubana

Direitos de edição em língua portuguesa exclusivos para o Brasil adquiridos por Editora Instante Ltda. Proibida a venda em Portugal, Angola, Moçambique, Macau, São Tomé e Príncipe, Cabo Verde e Guiné-Bissau.

Texto fixado conforme o Acordo Ortográfico da Língua Portuguesa de 1990, em vigor no Brasil a partir de 2009.

www.editorainstante.com.br
facebook.com/editorainstante
instagram.com/editorainstante

A tirania das moscas é uma publicação da Editora Instante.

Este livro foi composto com as fontes Arnhem e Coolvetica e impresso sobre papel Pólen Natural 80g/m² em Edições Loyola.

Elaine Vilar Madruga

A tirania
das moscas

ROMANCE

TRADUÇÃO
Carla Fortino

instante

As coisas que não se tocam

Cristina Morales

Tenho trinta e cinco anos. Às vezes me assalta a sensação da idade adulta e às vezes me assalta a convicção da minha própria idade adulta. São fenômenos diferentes, cuidado: uma coisa é sentir e outra é saber. Neste prefácio de *A tirania das moscas*, de Elaine Vilar Madruga (Havana, 1989), vamos citar muito o filósofo Agustín García Calvo (Zamora, 1926-2012), porque Vilar Madruga escreveu um romance que, talvez por coincidência, ficcionaliza (e, portanto, amplia) a conferência *Cómo se mata a un niño para hacer un hombre* (o una mujer) [Como se mata uma criança para fazer um homem (ou uma mulher)], proferida por García Calvo pela primeira vez em 13 de dezembro de 1988.[1] Desse texto tiramos a diferença entre sentir e saber, diferença que não podemos e não devemos especificar muito, pois definir é matar. García Calvo chegava às coisas tateando.

> [...] parece que as coisas que não estão mortas, pois sentem, podem sentir. Podem sentir. Sentem. Não posso explicar muito mais o verbo, porque me arrisco, se tentar introduzir definições, a estragar a coisa. É um verbo aceitável, por sua própria indefinição. Sentem, sentem: parece que é inerente aos seres vivos sentir. [...] Os sentimentos

---

1 Neste prefácio utilizamos a versão proferida em 26 de setembro de 1989, em cujo documento se pode navegar mais facilmente: Agustín García Calvo, *Cómo se mata a un niño para hacer un hombre*, Asociácion Antipatriarcal San Sebastián, 26 set. 1989. Disponível em: http://bauldetrompetillas.es/wp-content/uploads/pdf/comosemata.pdf.

não se sabem: se podemos dizer algo sobre um sentimento, é que ele não se sabe, é que um sentimento é exatamente o que eu dizia antes sobre o próprio verbo "sentir", que não podemos tocá-lo com a definição, que o engraçado disso é que não podemos encerrá-lo em definição. Quando o sentimento se sabe, esse sentimento está aprisionado; mas aprisionar algo que consistia justamente em não ter definição significa matá-lo, aniquilá-lo, fazê-lo desaparecer. (García Calvo, 1989, pp. 6-7)

Sentir é inerente aos vivos. Saber é inerente aos mortos. Sentir é inerente à infância. Saber é inerente à adultez. A criança está viva. As adultas estão, estamos, todas mortas. O que está acontecendo comigo, então, quando, depois de ler Vilar Madruga, García Calvo e Alexanthropos Alexgaias (nossa próxima aliada), sinto a idade adulta ou sei de minha idade adulta? Não é senão a morte, expressão máxima do Estado e do capital, ou do Estado patriarcal, ou do "quadro autoritário, adultocentrista e mercantil", perseguindo-me, surpreendendo-me e finalmente me devorando. Sou, aliás, a presa perfeita: estou na faixa etária na qual, seguindo Alexgaias, meus privilégios são maximizados. Sentir a morte não é verdadeiramente sentir, da mesma maneira que a criança que memoriza a ladainha de que ama a mãe assim como ama o pai não ama nada, como nos lembra García Calvo em sua apresentação. Sentir-se morta, assim como se saber morta, são estados de assimilação da Ordem (letras maiúsculas garciacalvianas), ou o que *El manifiesto antiadultista* [O manifesto antiadultista], escrito por "Alexanthropos Alexgaias (17 años)" (a autora assina dessa maneira, pondo a idade entre parênteses após o nome), denomina como integração ao sistema adultocêntrico que nos governa.

Vilar Madruga nos apresenta uma fábula sombria e lasciva (assim como sombrios e lascivos são os dramas, assim como sombrias e lascivas são as bocetas) que ilustra todas essas inquietudes, inquietudes que uma provável leitora adultista tacharia de peterpanescas, de esnobes e, até mesmo, de reivindicação fascisto-liberal dos jovens e desprezo dos velhos. Para desmerecê-la, uma provável crítica literária adultocêntrica poderia rotular *A tirania das moscas* de romance juvenil e pedagógico, sendo, como sem dúvida é, adultocêntrica a divisão editorial entre literatura infantil, juvenil (dentro dessa há, aliás, o nicho de mercado "jovens adultos") e o que o cânone chama de A Literatura, que, por ser a referência de todas as demais, não precisa de um atributo etário (ainda que precise de muitos outros, sendo a que mais se encontra em demanda agora a literatura antes de/ a partir de/ até/ através de/ com/ contra/ de/ depois/ durante/ em/ entre/ para/ perto de/ por/ segundo/ sem/ sob/ sobre mulheres).

Mas que pedagogia a de Vilar Madruga, amigas! E em que baita tradição fabulística *A tirania das moscas* se insere! Quisera ter caído nas minhas mãos, quando nova, um livro como este, em que as crianças são convidadas a rebelar-se contra os pais, e não em um sentido metafórico: pois Vilar nos dá boas razões para não os fazer ter bom senso, para não os politizar em prol do bem comum: para matá-los, caralho, como uma George Orwell de *A fazenda dos animais*! Inscrito na tradição antiadultista de *O apanhador no campo de centeio*, de Salinger, de *O pequeno príncipe*, de Saint-Exupéry, de *Memorias de una vaca* [Memórias de uma vaca], de Bernardo Atxaga, de *Los niños tontos* [As crianças tolas], de Ana María Matute, de *El tigre de Mary Plexiglàs* [O tigre de Mary Plexiglàs] (o primeiro livro que li em catalão, que, para minha surpresa, era um cancioneiro punk de leitura obrigatória nas escolas), de Miquel Obiols; encaixado, como costumo dizer, nesse colar de pérolas, está *A tirania das moscas* cometendo seus pecados. O da "imaginação transbordante das mulheres", como García Calvo a chama em *Cómo se mata a un niño...*, o primeiro.

A dominação da imaginação das mulheres é [...] uma das funções essenciais nos processos educativos de uma sociedade patriarcal [...] De fato, reconhece-se que uma imaginação descontrolada ou transbordante por parte das mulheres seria um perigo dos mais radicais que poderiam ser oferecidos à ordem patriarcal, razão pela qual se tem muito cuidado em controlar a imaginação feminina. (García Calvo, 1989, p. 20)

Vamos lembrar a primeira frase que nossos carcereiros da educação formal nos fizeram ler no quadro-negro: *Minha mãe me mima*. Não nos esqueçamos, por favor, do primeiro desenho que todos nos mandaram fazer entre os muros da prisão escolar: o retrato de nossa família. Em *A tirania das moscas*, nem a mãe mima, nem o pai faz pose com os irmãozinhos sob um solzinho no céu. Em *A tirania das moscas*, a irmã mais velha é uma heroína shakespeariana chamada Cassandra cuja epopeia consiste na autodeterminação de sua sexualidade contra o reacionarismo tirânico por parte do pai e o reacionarismo patologizante por parte da mãe.

Shakespeare conhecia todos esses assuntos melhor que eu. Melhor que ninguém no mundo, para dizer a verdade, porque, quando Julieta surgiu na sacada, ela não contemplava Romeu, mas pressionava seu corpo contra o referido objeto de calcário, pressionava seu corpo para receber todo o amor e desejo, um amor de cal veronense, mais eterno que qualquer outra forma de afeição que um Romeu qualquer poderia ter proporcionado. Basta ler a dramaturgia elisabetana nas entrelinhas, ok? Basta ler Shakespeare nas entrelinhas para entender a paixão de Julieta pelos objetos de seu amor. Não sou eu que digo isso, que me chamo Cassandra e vivo no calor deste verão sem fim, quem disse isso foi Shakespeare, que escrevia melhor e mais bonito. (pp. 66-7)

— • —

Nossa protagonista e narradora principal fez a melhor exegese possível de *Romeu e Julieta* e a aplica a si mesma. Shakespeariana, mas longe de todo o romantismo (ou seja, entendendo bem que Shakespeare é uma boceta, ou seja, um drama: sombrio e lascivo ao mesmo tempo, como já disse), sua imaginação desenfreada não passa de lucidez sobre o que é a vida e o que é a morte, o que é o sentir verdadeiro e o que é o saber aprendido (o amor romântico, entre outras coisas): ela ama verdadeiramente os objetos, sendo sua amada favorita uma ponte, a qual, com razão, ela considera feminina ("não sei o que mais desgosta a papai: que eu deseje uma ponte ou que o objeto do meu amor tenha uma essência feminina" [p. 109]):

> — É uma generalização que permitirá a ambas conduzir este diálogo em direção a seu interesse erótico pelos objetos... Responda a esta pergunta: seres humanos não a atraem?
> — Não.
> — Por quê?
> — De novo, um blá-blá-blá idiota.
> — Por quê?
> — Os seres humanos não têm cheiro de ferrugem.
> — É um bom ponto. Refere-se à sua... aproximação?
> — A palavra é "relação".
> — Uma relação indica um vínculo entre duas pessoas, Cassandra. Algo inanimado não pode lhe oferecer nenhum tipo de vínculo.
> — Isso é o que você diz. Quem vai saber? Nunca vi algo mais inanimado que o papai. Mesmo assim, você dormiu com ele, né? [...] (pp. 80-1)

A tirania das moscas fala da família e do Estado como estruturas inerentemente violentas, como os dois grandes aliados na sustentação da opressão. A relação dialética entre pais e filhos é necessária para que ocorra a relação dialética entre o povo e o Estado, e vice-versa. Alguma leitora "umbigo-ocidental" haverá de pensar que o contexto cubano em que o romance se desenvolve limita sua crítica ao regime comunista, desconsiderando a própria democracia capitalista. Acorde, pequena leitora com direito a voto: o pai tirano de Cassandra, Calia e Caleb — gaguejando pela graça da Revolução e por isso transformando, como um repugnante Rei Midas, tudo o que toca em merda (a gagueira o faz chamar seus filhos de Cacassandra, Cacalia e Cacaleb) — é o mesmo e a mesma que no Congresso falam da quaqualidade da nossa democracracracia, dos nossos direitotos, da nossa pápátria e até do fefeminismo.

Que a astúcia é a arma dos escravos, Vilar Madruga, assim como García Calvo, sabe, sente e pratica bem em sua obra. Os contos furiosos de *La hembra alfa* [A fêmea alfa] (Sevilha: Guantanamera Editorial, 2017) apresentam personagens cujo ardor não existe humilhação que possa reprimir, os quais anteciparam as tramas deste romance. Trancada em um quarto escuro, paralisada em uma cadeira de rodas e com apenas uma das mãos hábil para se masturbar, a protagonista da história "O terceiro círculo" continua a saciar seu corpo mesmo depois que a mãe entaipa as janelas para que ela não veja o vizinho cujo pau flácido, mijão, a excita. Ela tem sua imaginação e as unhas que escavam a madeira por meses até abrir uma fenda de voluptuosidade. E como a fulana goza, e que inveja dá a nós que não temos mãe para nos tiranizar. Ou a história homônima ao título do livro, em que uma mulher adquire os hábitos e a força de uma leoa e sai andando de quatro no asfalto rugindo um colossal "Onde diabos foram parar os machos [...] Este lugar não é a pradaria. Não é, não. Não se sente o cheiro da lama, nem da merda seca dos antílopes e muito menos da liberdade. Mas ainda corro, corro, corro entre os sons das buzinas" (Vilar Madruga, 2017, p. 86).

O que mais agrada às desfrutadoras são as coisas que não se tocam com a mão letal da definição, isso já sabem, sentem e praticam Vilar Madruga, García Calvo e as poetas místicas. Que sirva, por favor, de conclusão e boas-vindas ao livro *A tirania das moscas*, este hino, que poderia muito bem ter sido escrito por Santa Teresa D'Ávila para alaúde e pandeiro, mas foi escrito para bateria, guitarra e baixo pela banda argentina Intoxicados.

Las cosas que no se tocan

Me gustan las chicas, me gustan las drogas
Me gusta mi guitarra, James Brown y Madonna
Me gustan los perros, me gusta mi estéreo
Me gusta la calle y algunas otras cosas
Pero lo que más me gusta
Son las cosas que no se tocan
Me gusta el dinero para comprarme lo que quiero
Me gustan las visitas para matar el tiempo
Me gusta esa luz, me gusta esa sombra
Me gustan los grupos que no están de moda
Me gustan los autos, los trenes, los barcos
Me gusta que al que espero no tarde más de un rato
Me gusta el arroz, me gusta el puchero
Me gusta el amarillo, el rojo, el verde y el negro
Pero lo que más me gusta
Son las cosas que no se tocan
Por eso me gusta el rock
Porque yo el rock no lo toco
Yo el rock lo escucho
Lo trago
Lo digiero
Lo vuelvo a tragar
[...]
Pero mejor no lo digo
No quiero
No quiero
Porque eso no es rock
Eso no es rock

Eso no es rock
No es rock
No es rock
No es rock
Eso no es rock
Eso no es rock
[...]*

Roma, 15 de fevereiro de 2021

Cristina Morales (Granada, 1985) é formada em Direito e Ciência Política, especialista em Relações Internacionais e autora dos romances *Los combatientes* (Caballo de Troya, 2013; Anagrama, 2020), *Bad Words* (Lumen, 2015; reeditado pela Anagrama como *Introducción a Teresa de Jesus*, 2020), *Terroristas modernos* (Candaya, 2017) e *Lectura fácil* (Anagrama, 2018), ganhador dos prêmios Herralde, em 2018, e Nacional, em 2019, na Espanha. Seus contos foram publicados em inúmeras antologias e revistas literárias. É coreógrafa e bailarina da companhia de dança contemporânea Iniciativa Sexual Femenina e produtora executiva da banda punk At-Asko. Cristina Morales foi editora de texto convidada da edição original espanhola de *A tirania das moscas*, publicada pela Barrett em 2021.

---

* "Las cosas que no se tocan", *Outro día en el planeta Tierra*, 2005, Buenos Aires, Tocka Discos. Em tradução livre: "As coisas que não se tocam". "Gosto de garotas, gosto de drogas/ Gosto da minha guitarra, de James Brown e Madonna/ Gosto de cachorros, gosto do meu aparelho de som/ Gosto da rua e de algumas outras coisas/ Mas do que eu mais gosto/ São as coisas que não se tocam/ Gosto de dinheiro para comprar o que eu quero/ Gosto de visitas para matar o tempo/ Gosto dessa luz, gosto dessa sombra/ Gosto de bandas que não estão na moda/ Gosto de carros, trens, navios/ Gosto de que o que estou esperando não demore muito/ Gosto de arroz, gosto de puchero/ Gosto de amarelo, vermelho, verde e preto/ Mas do que eu mais gosto/ São as coisas que não se tocam/ É por isso que eu gosto de rock/ Porque no rock eu não toco/ O rock eu ouço/ Engulo/ Digiro/ Engulo de novo/ [...]/ Mas o melhor eu não digo/ Não quero/ Não quero/ Porque isso não é rock/ Isso não é rock/ Isso não é rock/ Não é rock/ Não é rock/ Não é rock/ Isso não é rock/ Isso não é rock/ [...]." [N.T.]

Para Carlo, nos portões da minha vida.
E para tia Cuca, in memoriam, *com café e duas gardênias.*

"ÁNGEL: Aqui ninguém sabe nada. Esta casa está uma desordem. Terei que empunhar o chicote outra vez." —
Aire frío, Virgilio Piñera

Cassandra

As moscas não falam, ok? Vivemos em um país de moscas. Elas voam ao nosso redor. As moscas são a nação das ideias, uma nação que zumbe, zumbe e zumbe sobre a cabeça de Calia. Para ela, como sempre, isso não importa, tão concentrada que está em seu desenho de elefante. O desenho, anatomicamente preciso, é mais que a somatória do calor veraniço e do tédio. Calia não levanta o olhar. Uma das moscas gordas pousa em sua testa e perambula por aquela trilha de poros, pelos e suor, movimenta as asas, limpa-as, que bom lugar a mosca escolheu para observar tudo, para contemplar o desenho de elefante e fazer uma apreciação artística, uma avaliação crítica. Por exemplo, a mosca poderia dizer que o elefante do desenho é mais que o reflexo realista do paquiderme original, a mosca poderia dizer que o elefante do desenho é perfeito, tanto que parece estar vivo, a mosca poderia se perguntar se de um momento para o outro não vai se abrir uma cortina invisível sobre a folha de papel que Calia pinta, para ver se essa cortina indica o ponto-final do milagre no qual o elefante começará a respirar e se transformar em matéria sólida. A mosca sonha em pousar na grande massa cinza que é o elefante. Bonita massa. Malcheirosa de esterco.

A mosca espera na testa de Calia.

É um exercício de paciência.

Será que as moscas sonham com desenhos?

Nós, sim.

Tem apenas três anos. Não, não me refiro às moscas, que são infinitamente mais jovens que minha irmã. Ninguém se lembra de quando ela começou a desenhar. A esta altura, todos acreditamos que Calia nasceu com um pincel na mão e que, com os vestígios do sangue, do líquido amniótico e do tampão mucoso, fez a primeira aquarela. Suponho que da experiência através do canal uterino ela tenha tirado algum desenho anatomicamente perfeito e desde então não parou, não: aquilo se proliferou como um formigueiro.

Sua criação, como a de todo gênio, poderia ser estudada de acordo com suas obsessões. Calia pinta somente animais. Eu já disse (e as moscas também mostraram interesse): não se trata aqui de um desenho com traços grosseiros e atabalhoados, o que uma criança de sua idade normalmente faria; trata-se aqui da porra da perfeição. Começou com insetos. As formigas eram suas favoritas. E aranhas. Aquela foi uma fase bastante obscura. Formigas e aranhas devoradoras, reproduzidas no ato de desmembrar uma peça, uma vítima que não era mais animal, mas o objeto da caça, e por isso se localizava em um limbo, em um lugar intermediário entre a mandíbula da morte e a possibilidade remota da liberdade. Depois vieram as aves. Sobretudo os pardais. Entende-se perfeitamente o motivo de sua decisão pictórica. Os únicos pássaros que Calia tinha visto na vida eram esses pardais magros que ainda assim voam, cercados pela fome e pelo calor deste país, pardais cujo coração é do tamanho da ponta do dedo mindinho, pardais infartados que desmaiam nos jardins das casas. Depois, Calia elegeu os macacos. Macacos de bundas gordas. Com bundas repletas de veias, vermelhas e roxas. Que explosão de cores nas folhas até então tão sóbrias de Calia graças àquelas bundas.

Por fim, chegamos até aqui. Até a fase elefante. Felizmente, Calia ainda não se perguntou como seria a genitália dos elefantes no cio; em vez disso, concentra-se nas patas, nas escalas de cinza das estrias e cicatrizes, nos pelos minúsculos das trombas.

Não tenho nada contra o talento, que fique registrado. Para mim, é maravilhoso que Calia desenhe, mas a verdade é que deveria fazê-lo pior, acho eu. Isso ajudaria a todos nós, nos ajudaria a ter mais paciência com as bundas dos macacos e as patas das aranhas. Se ao menos essas bundas e patas não fossem perfeitas, né?, se Calia pintasse a casinha típica com sol e montanhas que as crianças adoram — aqueles traços sinuosos irregulares tão encantadores porque demonstram que a pequenina da casa tem inclinações para o desenho —, isso seria o ideal.

Que memória a minha. Esqueci de salientar o mais importante para não dar margem a dúvidas.

No caso de não ter deixado claro, minha irmã tem três anos e ainda não fala, ok? Ou melhor, não quer falar conosco. Não lhe parece algo interessante. Movimentar a boca, tomar fôlego e transformá-lo em palavras não é importante para ela, e Calia não faz nada que lhe soe entediante. Em certas coisas da vida, minha irmã é simplesmente admirável. Não perde tempo. Nem sequer com a família. Nem sequer com as moscas que continuam pousando nela. Calia é paciente e não as espanta. Calia é o país ideal para as moscas.

Há outro ponto que omiti. Que memória a minha.

Esse ponto é o medo.

É melhor explicar de maneira ordenada, ok?

Não se trata de ela desenhar animais perfeitos, animais que parecem tão vivos que podem levar alguém a se perguntar por que não terminam de atravessar a folha, por que não adquirem altura, amplitude e, sobretudo, profundidade, por que os macacos não acabam procriando, os pardais sofrendo um infarto que arrebente seu coração do tamanho da ponta do dedo mindinho, as aranhas matando e os elefantes comendo capim seco.

Não se trata do silêncio da minha irmã, da sua recusa em nos considerar criaturas mais relevantes ou avançadas intelectualmente que as moscas: para Calia, todos somos insetos.

Imagino que é aí que o problema se torna mais profundo. O medo tem a ver com essa condição de seres invisíveis que ela atribuiu a nós. O medo tem a ver com seus olhos. Calia é nossa dona. Quando se digna a nos atribuir um pouco de importância, o suficiente para fixar seu olhar em nós, é porque *algo* está acontecendo. *Algo* muito ruim. E então Calia não está feliz. Os sinais externos aparecem de imediato. Coça a sobrancelha, pisca, afrouxa os dentes e para de suar. As moscas deixam de pousar nela. Merda, as moscas sabem que o país chamado Calia se tornou um lugar perigoso. Fuja quando os animais fugirem, ok?, dizem por aí e com razão. Não fale quando os insetos param de zumbir. Merda, merda e, mais uma vez, merda. As moscas são inteligentes, e Calia movimenta a boca, ai, meu pai do céu, se ela pronunciar nossos nomes, ai, meu pai do céu, se começar a desenhar borboletas, que ela não pinte uma borboleta, pai do céu, que continue com os elefantes, com as bundas dos macacos, que bonitas são as bundas inchadas dos macacos, que bonitas as bundas hiper-realistas, mas, por favor, meu pai do céu, que ela não pinte uma borboleta, todos sabemos que o bater de asas de uma borboleta em uma folha em branco é um assunto muito perigoso.

Se Calia desenhar uma borboleta, estaremos fodidos.

Lenda urbana ou lenda familiar, já não sei, e isso não me preocupa tanto. A verdade é que todos vemos em Calia uma bomba-relógio.

É provável que esta família não mereça a salvação. Isso é o que mamãe diz com sua melhor voz de livro de autoajuda, e talvez não esteja enganada. Muito bons nós não somos, ok? Se fôssemos realmente bons, as moscas pousariam em qualquer outro local, exceto em nossos corpos. E todos — mamãe, papai, Caleb, Calia e eu — estamos sempre cobertos de moscas. É culpa do calor do país, diz papai, e assim ele se consola, ainda que na verdade saibamos que está enganado:

as moscas buscam o suor para se alimentar, suor doce ou carne morta, não importa, a verdade também não importa.

Cada família é diferente e estranha à sua maneira, mas a nossa ganhou medalha de ouro na competição olímpica de disfuncionalidade.

Percebe-se em seguida por que as moscas doentes vão pousar em Caleb. Vão até ele para morrer. Logo caem no chão, umas manchas de tinta com asas murchas. Caleb as recolhe. É o que sabe fazer melhor. Os animais perseguem meu irmão, tornam-se suicidas quando estão perto dele. Caleb é como um túmulo aberto. E isso lhe agrada. Caleb tem um propósito na vida.

Eu sou a primeira semente do mal. Isto é, a primogênita. Não quero confundir ninguém com minhas palavras. Começarei de novo. É difícil falar em primeira pessoa e contar a própria história.

Nem sempre fui a irmã mais velha.

Antes de Caleb e Calia nascerem, eu era simplesmente Cassandra.

— Quantos anos você tem, Cassandra?

— Sete anos, mamãe.

— Neste espaço não sou sua mãe, lembra?

— Sim, mamãe.

— Sou sua terapeuta e quero te ajudar. Entende, Cassandra?... É como um jogo, um jogo bem legal. Vamos! Finja que não me conhece.

— Sim, mamãe.

— Você me disse que tem sete anos. Parece mais velha. É muito alta. Quer me contar por que está triste?

— Não estou triste.

— Tem certeza?

— Sim.

— Pois acho que está enganada. Pense bem. Está triste, Cassandra?

— Não sei.

— Por que está chorando, então?

— Porque ela estragou.

— ... mas isso não é tudo. Há mais alguma coisa, você não me engana. Me deixe adivinhar o que é... Por acaso sente falta do papai? Está chorando porque o papai não está sempre em casa? Você precisa entender. Já é uma mocinha, Cassandra. Sete anos, não é mesmo? Não é mais pequenininha e sabe que o papai é um homem importante para este país.

— O Bigode me disse.

— Quem é Bigode, Cassandra?

— O vovô que me pega no colo. O Vovô Bigode. O papai gosta muito dele.

— Não repita isso nunca mais, entendeu, Cassandra?

— Isso o quê?

— O que acaba de dizer é uma coisa muito ruim, Cassandra, muito ruim! E muito perigosa! Seu pai poderá ser castigado se souberem que diz isso do...

— Do Vovô Bigode?

— Do Nosso Líder! Cassandra, está fazendo de propósito?

— Não, mamãe.

— Não sou sua mãe agora, sou sua terapeuta.

— Você pode me pôr de castigo mesmo não sendo minha mãe?

— Preste atenção. Olhe nos meus olhos, Cassandra. Isto é importante. Jure para mim que nunca mais vai dizer Vovô Bigode.

— Ok.

— Se souberem que você fala assim, vão tirar todas as medalhas do seu papai. Sabe-se lá as desgraças que cairão sobre nós. Não esqueça que as paredes desta casa têm ouvidos.

— Não gosto das medalhas do papai. Elas me espetam.

— Quer que seu papai não seja mais um homem importante? Quer que seu papai chore?

— Não sei.

— Pense bem antes de responder.

— Chorar é ruim.

— Muito ruim! E é o que vai acontecer ao papai por sua culpa.

— ... mas o Vovô Bigode gosta de mim. Ele me disse.

— Cassandra!

— O Vovô Bigode me compra bonecas quando faço aniversário.

— Então, se quer ganhar mais bonecas, tem de chamá-lo de outra maneira.

— Qual?

— Líder.

— Líder Bigode!

— Você é malcriada!

— E você não é minha mãe.

— Claro que sou sua mãe... e sua terapeuta. E sabe o que acontece com crianças más como você, Cassandra? São repreendidas e ficam de castigo... Em tempos como estes, seu papai tem de se esforçar mais do que nunca. Ele fez por merecer cada uma das medalhas, mas todos os dias, Cassandra, todos os dias ele tem de provar que é fiel ao Nosso Líder. Ou você não terá mais bonecas. Entendeu?

— Ok.

— E por que está chorando agora?

— Porque a câmera do papai estragou!

— ... o papai é um homem importante e só precisa que as pessoas mais importantes que ele se lembrem disso. É muito fácil. O papai é um herói. Pegue. Enxugue esse rosto.

— Não quero.

— Enxugue. Quer continuar me contando?

— Quando uma coisa se estraga, ela morre?

— Imagino que sim. Se ela estragou para sempre, sim.

— O papai disse que a câmera fotográfica dele já não servia para nada. É verdade que uma pessoa pode se estragar como uma câmera fotográfica?

— Quem te disse isso?

— O Vovô Bigode.

— Cassandra! Outra vez?

— Ele me disse que, no trabalho do papai, as pessoas são como formigas que vêm, entram e depois se estragam.

— Pare já, Cassandra. Esqueça isso. O Nosso Líder diz coisas que é melhor esquecer em seguida, entende? É melhor não relembrar assuntos incômodos que não são da nossa conta. Vamos mudar de assunto... Não posso ajudá-la se não for honesta comigo. Vamos falar dos seus problemas, e não dos do papai. Vamos falar um pouco do Caleb. Você gosta do seu irmão?

— Foi por culpa dele que o coelho morreu.

— O coelho morreu porque estava doente. Tinha câncer.

— Ele foi morrer perto do Caleb. Levantou as orelhas e depois nunca mais pulou.

— Por que você não gosta do seu irmão?

— E o jabuti, o jabuti também morreu.

— O Caleb não tem culpa.

— Ele o tocou, e depois... o jabuti não mostrou mais a cabeça.

— O jabuti era velho, Cassandra.

— Não quero ficar perto dele. Tudo que vai morrer fica perto dele.

— Você é uma menina com muita imaginação, e isso não é ruim. Pelo contrário, Cassandra. Pode ser até útil na vida. Mas, às vezes, se a imaginação for excessiva... Entende? Tudo em excesso é negativo. Quer desenhar?

— Não sei.

— Desenhe sua família. Não acha legal?

— Posso desenhar também a câmera estragada do papai?

— Se assim o quiser, Cassandra. Por que deseja que a câmera esteja no desenho?

— Ela é minha melhor amiga.

— Sério? A câmera é sua amiga imaginária?

— Não, mas quando eu crescer nós vamos nos casar.

— Você e a câmera?

— Sim, mas agora não mais, porque ela está morta.

Naqueles tempos ainda se podia sair à rua sem vigilância, sem que os olhos de papai perguntassem quantos passos haviam sido percorridos da porta até a beira da calçada. Em um cálculo matemático, papai contabilizava as possíveis ocasiões em que escapara da morte: o tiro nas costas, a mina enterrada sob o cascalho úmido do jardim ou o veneno na pizza. Inimigos. Culpados. Paranoia. A paranoia típica de um homem importante.

Naqueles tempos, que já começavam a desaparecer da memória de Caleb e de Cassandra, papai os levava todo domingo ao zoológico. Calia ainda não tinha nascido, é claro, e isso era ainda melhor porque os animais ali tinham formas que não eram anatomicamente perfeitas, mas eram vistas como manchas na distância, como borrões com trombas e patas, como bigodes tricotados, como um jogo de ligar os pontos para descobrir a figura. Os animais eram rasuras divertidas, e as borboletas, apenas borboletas, não um presságio de morte, não um augúrio na folha em branco, embora se saiba que talvez um dia, no futuro, a irmã artista desenhe borboletas e tenha então a ideia recorrente de que o tempo da condenação chegou.

Caleb se lembrava dos passeios ao zoológico. Lembrava-se de como era amar o papai, que na época parecia menos velho e sempre levava as medalhas presas ao uniforme militar, mesmo aos domingos, porque as medalhas abriam todas as portas, até as mais difíceis, até as grades do zoológico que eram colocadas ali, precisamente, para marcar o limite entre os animais superiores que venceram a batalha da evolução e os derrotados. As medalhas de papai não eram bonitas, mas eram úteis, e Caleb já tinha descoberto isso.

Cassandra não parecia se importar com nada além da proximidade das lentes da câmera Kodak que papai permitira que ela carregasse naquele dia. Ela suspirava e apertava a lente, e Caleb teve a impressão de que, a qualquer momento, sua irmã a afundaria no vestido, que a lente abriria um buraco em sua barriga, um buraco redondo, e então Cassandra tiraria fotos cuja revelação automática sairia pela boca. A garota acariciou a lente com os dedos, embaçando-a com um suor viscoso, de verão sem fim. Cassandra era boba, ah, se papai a visse, tiraria a câmera dela para sempre porque já havia avisado como o mecanismo era delicado, como as lentes deviam estar limpas para que a foto ficasse boa, e foi só depois das súplicas e das promessas de Cassandra que papai decidiu que a menina poderia carregar a câmera apenas por pouco tempo.

Na verdade, papai havia esquecido os conselhos que dera e não vigiava a filha. Para quê? Agora era mais importante desfrutar o passeio ao zoológico com as medalhas e as crianças. As crianças pareciam felizes, e as medalhas eram a manifestação de que sua vida tinha sentido, era um homem tão importante como um país, ou quase, e outros pouquíssimos chegariam ao posto que ocupava.

— Quequequer ver os macacos, Caleb? — perguntou papai com um sorriso.

Era um dia bom. Um dia magnífico. Ao redor de papai, as pessoas se afastavam com medo, alguém apontava para o peito com medalhas, alguém acompanhava papai de perto, um funcionário do zoológico disposto a fazer qualquer coisa para agradar ao homem importante e à sua família.

Caleb aceitou e teve macacos. Quando quis tocá-los, papai sorriu condescendentemente e encarou, sem nada dizer, o funcionário do zoológico, o obediente funcionário que os seguia, que na mesma hora se inclinou, como se fizesse uma reverência. Quando Caleb não se satisfez em estender a mão, pois queria abraçar um dos macacos, papai o repreendeu de brincadeira, quer virar um macaquinho e que eu te deixe aqui a se... a se... a semana toda, perguntou, e ao mesmo tempo mostrou um sorriso, e assim Caleb supôs que não haveria risco em pedir um pouco mais, macaco, quero tocar o macaco, e papai disse que sim, se Caleb queria um macaco, teria um macaco, mesmo que já advertisse, escute, filho, me-memelhor ainda, sinta, respire fundo e cheire o fedor desses animais, a fruta proibida, isto é, apo... apodrecida, acaricie e pronto, para que não fique com esse cheiro de mamífero inferior. Em seguida, papai preparou tudo, me dê, Cassandra, me dê a câmera que vou tirar uma fofofoto de seu irmão. Cassandra protestou, abraçou a lente com mais força, mas o olhar de papai era inflexível. Assim que, com a câmera na mão, o homem das medalhas deixou de ser papai e se transformou em alguém importante que mandava, leve o menino onde está o macaco e não deixe que ele o morda, o funcionário do zoológico assentiu com a cabeça e um tremor, deixo meu filho em suas mãmãos, disse papai.

Caleb ficou feliz ao ver que um dos macacos se aproximava dele. O animal tinha a barriga inchada como um globo, como algo que fosse estourar de um momento para o outro. Já estava ali, a poucos passos dele e do funcionário do zoológico. Foi então que ele sentiu o odor, não mais o mau cheiro de merda seca ou de fruta proibida, isto é, apodrecida, mas um fedor mais forte, um fedor que vinha de todos os lados, sobretudo da barriga enorme do macaco.

Caleb mal chegou a tocá-lo. O macaco desmoronou diante dele.

Cassandra gritou, e papai tirou uma foto:

— Por que grita, Cassandra? O mamacaco só dormiu. Eles são muito bobos, muito i... idiotas.

Papai olhou para o homem do zoológico e ordenou:

— Vavavamos, homem! Obrigue o macaco a respirar.

Mas Caleb sabia que o desejo do papai era impossível. Bastou-lhe fitar os olhos do animal para vê-los ocos. O fedor havia desparecido. Essa foi a primeira vez que Caleb sentiu o odor da morte. Papai pegou o filho nos braços. As medalhas pinicavam, e Caleb se queixou.

— Não chore, poporra — disse papai. — Era só um ma-macaco de merda.

Cassandra gritava para que lhe devolvesse a câmera, e Caleb se sentiu culpado:

— O que aconteceu com ele? Eu fiz alguma coisa com ele, papai?

— Ele estava do... do... doente, ia morrer de qualquer je-jeito — respondeu o homem importante.

Caleb sentiu novamente o fedor. Isto é, centenas deles. Alguns eram quase invisíveis. O odor da morte vinha em todos os formatos, um odor com asas para os pássaros, úmido nos peixes, lamacento, com folhas incrustadas, odor de pata ferida, de câncer terminal, de metástase, de velhice, de morte há muito adiada, odor de zoológico em decadência que sentiu ao seu redor, sobre a cabeça, sob a terra, no ar e na boca. Só depois viu os animais que tentavam se aproximar dele, que se debatiam nas grades, que estendiam as patas e as trombas, que batiam as asas, que subiam em uma fila interminável e diminuta pelas pernas de seu pai. Um fofor-migueiro, gritou o homem das medalhas. Cassandra gritou, Caleb é mau, muito mau, quando uma pomba que executava um voo rasante foi ao chão, com o coração despedaçado.

A morte foi formando uma estrela ao redor do menino, uma estrela de cadáveres de insetos, além do som de protesto dos outros animais que não foram capazes de tocá-lo.

É preciso ser muito mulher para ter filhos sem pedir uma peridural. Parir aos gritos e nunca ter certeza se lhe arrancaram das entranhas um órgão ou um bebê. Essa incerteza amaina, sim, com o tempo, quando o bebê está crescendo e lhe retribui com olheiras, estrias, seios caídos já sem esperança, pele flácida, laceração vaginal, pontos externos e internos, a violência dos obstetras que lhe meteram a mão e arrancaram sangue do seu sangue e carne de sua carne. Toda aquela dor, toda aquela angústia termina, sim, de uma vez quando seu filho começa a sorrir e descobre seus olhos, a faz sentir-se importante. Mais que isso, a faz sentir que é, para alguém, a única criatura na galáxia que se equipara ao princípio divino, à teoria das cordas ou ao *big bang*.

É preciso ser muito mulher para parir, mas é preciso ser mais mulher ainda para concluir que nunca terá nada do que as outras mães conhecem desde as primeiras horas, desde os primeiros dias, desde os primeiros meses. E não o terá porque os três filhos que trouxe ao mundo não somente fizeram caca, merda, dentro de você, aquilo que erroneamente chamam de sofrimento fetal, mas na verdade não passa de alegria fecal, um embarramento gradual do interior da mãe, antiga casa dos fetos, com a mais imunda das substâncias; não o terá porque seus três filhos não só eram cabeçudos, bebês enormes que obrigaram a ampliar a episiotomia duas vezes, e um deles inclusive se atreveu a mais, nascendo sentado; não o terá porque seus três filhos são três filhos da puta.

E isso não indica que seja uma mãe ruim. Você tentou de tudo, até mesmo amá-los, que no longo prazo era o mais difícil. Embora não fossem particularmente lindos nem inteligentes, nem saíssem bem nas fotografias, nem fossem o resultado de um amor daqueles de cinema, ao vê-los chegar ao mundo você prometeu, vou amá-los, isso vai me dar trabalho, mas aprenderei porque agora estas crianças são minhas e elas me ensinarão o que é o amor em sua essência mais pura, não o amor à política nem às medalhas, não o amor ao Líder Bigode, não o amor à terra onde nascemos e à qual defenderemos até o último homem, conforme ditam as palavras de ordem, não o amor ao país, a essa enteléquia sem olhos nem rosto de bebê, e, ainda que o aprendizado seja difícil e longo, elas estarão ao meu lado, e eu serei o mundo para alguém.

Porém, é claro, estava equivocada. É preciso ser muito mulher para chegar a uma conclusão similar: amar os filhos não é uma condição biológica, mas um processo de aprendizagem que pode se ver frustrado diante de qualquer circunstância.

Então agora você tem estas três raposas, estes três pombinhos, estes três porquinhos: Cassandra, Caleb e Calia.

Cacassandra. Cacaleb. Cacalia.

O único acerto do pai foi no nome, na repetição da primeira sílaba, nesse gaguejar ridículo que pela primeira vez tem um propósito: justiça poética.

Quem caga nas entranhas da mãe não merece perdão.

É preciso ser muito mulher para olhar nos olhos dos três toda noite e dizer:

— Boa noite, minha querida Cassandra.

Cacassandra, a porquinha hormonal que sonha em esfregar-se em uma ponte ou no Muro de Berlim.

— Até amanhã, meu anjo Caleb.

Cacaleb, o Doutor Doolittle na versão anjo da morte.

— Até amanhã, minha pequenina amada.

Cacalia, a Da Vinci de meia-tigela que tem as habilidades comunicativas de uma placenta.

E, mesmo depois de tanta hipocrisia, inclusive depois de tanto esforço emocional para unir palavra com palavra a fim de que não saia uma cusparada, é preciso ser muito mulher para suportar que os três filhos da puta não olhem para você, não falem com você, que para eles você seja tão importante quanto a borra do café.

A vida inteira ele soube que não morreria de maneira comum. Aquela certeza o deixava aliviado. Não lhe importava a dor da morte. Estava disposto a dar tudo pelo país e por sua história.

Encheram seu peito de medalhas. Era o homem prudente, um verdadeiro filho do povo. Tinha sempre as palavras precisas na ponta da língua e tentou não deixar que essas palavras lhe escapassem, que sobrevivessem como a melhor testemunha do sucesso de seu trabalho, caso as medalhas falhassem ou se calassem. Mas o homem prudente não sabia que tanto as medalhas quanto as palavras estavam condenadas a morrer em algum momento. De repente, tudo a seu redor começou a desmoronar.

Havia cumprido perfeitamente o protocolo da vida. Quem poderia indicar uma falha na prática do dever? Ninguém. Quem poderia apontar o dedo para ele? Ninguém. Quando foi preciso lutar pelo país, lá foi ele. Quando foi preciso levantar a voz para defender o Líder Bigode, ele o fez. Quando lhe foi confiada a difícil tarefa de controlar os inimigos do povo com perguntas e dor, quem foi voluntário, quem aceitou o peso do dever, não é preciso responder, já se sabe, as ordens existem porque homens como ele vivem para cumpri-las. E, claro, papai se considerava um herói. Um herói envelhecido, que sentia o cansaço na fibra mais profunda dos ossos, mas queria seguir em pé.

Papai sabe que o poder não se cede. Ele se ganha ou se perde.

E a ele havia cabido perder.

Perder é sinônimo de desgraça na linguagem da política. Papai conhecia tão bem aquele idioma que, quando falava de medalhas, de guerras e de triunfos do passado, era impossível entender a que história se referia, se a uma recordação nebulosa ou a um relato inventado na contingência de sua tragédia. Uma contingência muito útil, muito imaginativa, que obrigava papai a transformar-se em uma contadora de histórias infantis, capaz de descrever a guerra como uma canção de ninar ou seus momentos de esplendor militar como uma aula de mitologia comparada. Sem dúvida, as histórias se repetiam, ao menos no começo, quando a vocação narradora de papai ainda não estava pronta para a adaptação. Logo o conseguiu. Papai era o homem prudente, o rosto da persistência. Aprendeu a temperar as histórias, a misturá-las, incorporava a elas um elemento novo, um personagem tirado da manga, coisas do tipo, técnicas narrativas de última geração, estrutura narrativa de última geração. E, quando havia elaborado o monstro gordo de suas histórias e lhe atribuído as nove patas peludas, e a orelha disforme, e as medalhas no peito — porque também o monstro havia sido um homem do seu tempo —, então se sentiu satisfeito. Havia conseguido construir uma epopeia feita à sua imagem e semelhança. Havia conseguido construir um país segundo seus próprios moldes.

Considerava-se um homem do seu tempo. Tão ou quase tão importante quanto o Líder Bigode, que não devia ser chamado assim — era importante não se esquecer disso —, como também não devia ser chamado carinhosamente de Vovô Bigode. Aquelas eram familiaridades desnecessárias, imprudências de criança. Na vida militar, teriam dado uns bons açoites naqueles que mencionassem o bigode do General e acrescentassem tempero com algum apelido carinhoso. O nome General Bigode não era tão ruim, pois ressaltava a patente, questão de importância, mas da mesma forma isso parecia para papai um exercício de vulgaridade da variedade mais perigosa, a variedade da indisciplina. O que era aquilo de Bigode, uma provocação à cara do General?, uma provocação à sua decisão de mostrar elegantes pelos faciais em vez de uma calvície frontal morfológica?, o que há de estranho em um bigode para usá-lo como um qualificativo? Papai sabia que para falar do General era preciso olhar duas vezes, refletir três vezes antes de pronunciar uma só sílaba. Desqualificar a vida, a aparência física e as decisões do General era assunto sério. O mais sério de todos. Sobretudo agora, que os anos de desgraça haviam chegado à família.

Como homem do seu tempo, estabeleceu leis de estrito cumprimento para todos na casa. Uma espécie de corte marcial sem julgamento. Chamou Cassandra à parte. Era a mais velha dos filhos e costumava falar do General com excessiva familiaridade. Vovô Bigode. Velho Bigode. E o bigode ia e vinha, saía da boca de Cassandra e com ele o possível sinal do pecado, que, ai se caísse em mãos erradas, qualquer informação seria valiosa agora que a família era observada como uma bactéria no microscópio, ai se os escutasse uma orelha peluda, mal-intencionada, uma orelha que não levava medalhas no peito como papai e, caso as levasse, não as merecia. Tantos anos na política haviam provado a papai uma única lei: não é sempre que nasce um homem disposto a sacrificar-se por seu tempo.

— Veja, Cacassandra, já é uma mocinha e deve sa... saber a verdade... — O discurso fora longamente planejado, sílaba por sílaba, nenhuma sobrava. Papai baixou a voz até quase transformá-la em um sussurro: — Vavai me obedecer, filhinha?

— Depende... — bocejou ela. — É alguma coisa chata?

Papai evitou levantar a mão para a garotinha desbocada. Diziam por aí que os militares eram violentos, que estabeleciam uma ditadura na própria casa. Muito o preocupava que no futuro decidissem fazer um documentário sobre ele, por exemplo. Um documentário sobre sua vida heroica. Era melhor não ter expectativas perigosas, e, de imediato, papai rebobinou mentalmente aquela fita e tomou a decisão: era preferível e mais de acordo com as circunstâncias que fizessem um documentário sobre o General Bigode, no qual Cacassandra, Cacaleb e Cacalia tivessem uma chance, um momento de estrelato, no qual pudessem contar alguma anedota familiar divertida sobre ele, sobre o querido papai, um homem do seu tempo, disposto a empunhar o fuzil e a palavra para defender o General. Papai sonhava que o anedotário não fosse frívolo, os filhos poderiam acrescentar ainda que ele era um pai amável, que nunca levantou a mão para reprimir filho ou filha desobediente, que sempre houve domingos de zoológico, que doou incontáveis lentes quebradas de câmera Kodak para que a primogênita iniciasse uma coleção rara e que apoiou a mudez seletiva da caçula. Foi um homem do seu tempo, diriam seus filhos no documentário, mas também um pai do seu tempo, gentil, amável, democrático, amigável, preocupado e ocupado. Bater no rostinho redondo de Cacassandra, a filhinha provocadora? De forma alguma.

Papai sorriu:

— Não, não é nenhuma coisa chata, é uma nova lei que entrará em vigor na nossa fafamília.

Cassandra bocejou e encolheu os ombros:

— Bom, então fala logo.

— O Vovô Bigode... Dizer isso é um mamamau hábito. Não sei mais como te fazer enten... entender. A partir de agora nós o chamaremos de O-ú... o-ú... o-úúúú...

— O-ú?

— O Único. Entendeu?

— Aham.

— Cacassandra, não é brin... brin...

— Não é brincadeira. Já sei.

— Já sabe o quê?

— Que vão lhe tirar as medalhas, não é?

Papai levou as mãos ao peito, em um gesto de pânico verdadeiro, o pânico que somente um homem do seu tempo poderia sentir:

— Nãnãnão.

— Ah, não? — Cassandra fez uma careta. — Achei que você tivesse feito algo ruim para que o Vovô Bigode ficasse tão zangado. Quer dizer, nas fotos o Vovô Bigode sempre parece zangado, mas na vida real é bem amável, e pensei...

— Não pepepense mais!

— Ok.

Papai a amava. Quer dizer, amava os três. Seus três pequenos erros. Mas às vezes era difícil. Às vezes era preciso se lembrar de que os homens do seu tempo eram pais democráticos e simultaneamente militares inflexíveis. Uma coisa era governar o país, outra era educar seus três experimentos genéticos malsucedidos. Desilusão? Obviamente. Havia sonhado com filhos heroicos, que tivessem herdado suas melhores características físicas e o mais notável de sua personalidade de líder, além de outras qualidades morais que os fizessem dignos de usar um dos sobrenomes mais importantes do país. Mas a genética era uma piada, uma merda. Um óvulo medíocre e um espermatozoide submetido ao estresse da liderança não podiam criar um produto melhor. Estavam destinados ao fracasso. Na verdade, a três fracassos consecutivos.

Cacassandra, por exemplo, era o fiasco primogênito e o mais doloroso. Cacaleb não incomodava. Estava sempre por aí, quem sabe se perdido dentro da própria cabeça. E de Cacalia nem se fala. Cacalia era um mundo dentro de um mundo, e papai tinha certeza de que era um universo bastante complexo, repleto de elefantes de aquarela, elefantes de caneta, elefantes de tinta a óleo, anatomicamente perfeitos; um universo como uma estrada onde nem papai nem ninguém poderia pedir carona porque não havia caminhões, nem táxis, nem motocicletas, a estrada estava livre de poluição sonora e atmosférica, livre de tudo, exceto de Cacalia e seus animais, que não respondiam ao desesperado pedido de carona de nenhum ser.

Apesar de sua condição de fiasco primogênito, Cacassandra, dos três filhos, era a mais próxima; a única capaz de ter algum comportamento semelhante ao de uma criança ou adolescente, embora ele parecesse dissimulado, é verdade, no trivial de uma falsa sabedoria, a sabedoria da juventude que tenta encontrar palavrinhas rebuscadas e cuspir na cara dos pais. Cacassandra era desobediente, e papai não significava nada para ela, e deve-se salientar que papai sabia disso, ele sentia, ficava impressionado quando entrava no quarto da filha, forrado com fotos da Torre Eiffel, de pontes e mais pontes, fotos da Sagrada Família, fotos e mais fotos de ângulos de prédios, de construções, que estranha a filha, a grande arquiteta, combina com as manias da juventude.

— Responda corretamente, Cacassandra, não me diga o... ok.

— Legal.

— Não didiga legal.

— Também não devo dizer Vovô Bigode?

— Na... nada que tenha a ver com seu bibigode. Nem com avô, nem com tio. É No... Nosso Líder.

— O Único.

— Ou O General.

Cacassandra esboçou um sorriso:

— Vou sentir falta do Vovô Bigode. Ele me dava bonecas.

— Que fifique claro, eles não vão me tirar as meme... medalhas.

— Legal. Que bom pra você. Imagine se as tirassem. Seria como amputar os braços e as pernas. Ou pior.

Cacassandra tinha razão. Melhor ser um mutilado do que um homem sem história, do que um homem sem tempo nem país.

— Fale babaixinho que nos ouvem — papai a repreendeu. — Há micro... microfones em tototoda parte.

— Poderia haver microfones em toda parte — Cacassandra riu —, mas isso você não sabe. Na verdade, não acho que tenham interesse em ouvir nada do que diz.

Maldita garotinha. Maldita juventude. Pelo visto, ser jovem era sinônimo de estupidez.

— Sou um hoho...! Sou um hoho...! Um hohohomem importante!

— Sim, sim. Mas o Vovô Bigode... O Único não gosta mais de você. Você é, como se diz, um dano colateral. Me diga a verdade, o que foi que fez?

— Nada!

— Nada? Duvido.

— Fofoforam eles, não eu!

— Ah, os tios...

Papai mordeu os lábios.

— O que você sabe dos tititios? O que sabe, Cacassandra?

— São uns traidores, né?

Papai voltou a morder os lábios.

— Tentaram matar o Vovô Bigode. — Cacassandra encolheu os ombros. — Entendo que esteja zangado.

Todos sussurram pelos cantos, e há um mal-estar no ar, que penetra com seu odor de ser vivo em cada mínimo alvéolo dos pulmões. Não importa. Calia sabe que o mais importante não é pensar no mundo exterior onde os mamíferos aparentemente superiores se reuniram sob um mesmo teto e onde, por costume genético, chamam de família uns aos outros. Realmente, a única coisa valiosa é terminar de desenhar a pata do elefante, que não é tarefa difícil. O difícil vem agora: os pelos da tromba. Calia transpira. As moscas pousam nela. Vamos ver se o desenho dos pelos fica bom, se parece que se movem a cada respiração do elefante. Se não se movem, são qualquer coisa, menos pelo. Enquanto pega a caneta e prepara a mão para que não se agite — em questões anatômicas, é necessário um exercício profundo de relaxamento —, Calia conta de trás para a frente várias vezes e tenta fixar a imagem de um lótus dourado que se abre precisamente ali, nem mais à esquerda, nem mais à direita, mas no centro da testa — abra, lótus —; que a mão não trema e que o pelo seja pelo, não borboleta, que o pelo se mova com o vento e que a borboleta não voe. Calia se irrita, não sabe por que pensa em insetos coloridos se agora o que tem nas mãos é um assunto de precisão, e não de estética, mas o bater das asas se percebe bem acima do lótus dourado. Abra, lótus dourado; fora, borboleta. Não vá pousar, borboleta, na porra do lótus. É difícil se concentrar porque lá fora está mamãe.

Calia reconhece porque é a mais gorda dos mamíferos superiores de sua mal-amada família. Mamãe pronuncia seu nome, tenta atrair a atenção de Calia e fechar o lótus dourado — vá à merda, lótus —, não há como sair da enrascada, não há como escapar da chamada de atenção de mamãe assim que Calia olha para ela, eis aí o mamífero gordo, e Calia observa sem ver o rosto do mamífero até que percebe — ah, curiosidade; abra, lótus dourado — que mamãe tem pelos no nariz, grossos pelos de elefante, pelos hiper-realistas que se movimentam — abra, lótus — e tremem a cada inspiração. Assim deveriam ser os dos elefantes, pensa Calia, e de imediato lhe vem a ideia recorrente: as borboletas teriam pelos, pergunta-se. Mas as borboletas desapareceram de repente porque o ruído exterior que emite a trompa, isto é, o aparato nasofaríngeo do mamífero aparentemente superior que está diante de Calia, inunda tudo:

— Me deixe ver, o que desenhamos hoje, minha querida? — pergunta mamãe.

Feche, lótus, acabou a magia.

Calia se aborrece, caramba como se aborrece, a cada vez que o mamífero fala com ela. Não são palavras normais, mas algo mais complicado que chamam de terapia. Morra, lótus. Vá à merda, lótus. Calia continua olhando os pelos, seria bom saber por que esse grupo de animais supostamente evoluídos a observa tanto. Talvez goste de elefantes. O que a família faria se soubesse que Calia não os suporta?

É possível olhá-lo de outro ângulo. Por exemplo, nunca agradaria a um mamífero superior falante conversar com uma lagarta. A partir desse exemplo, é fácil tirar conclusões — abra, lótus —: Calia, *Homo sapiens* criador, não gosta de conversar com simples hominídeos. Não se trata de uma questão de incapacidade nem de adaptação, a língua é útil, a linguagem é útil para a comunicação entre membros de uma mesma espécie, mas que nojo desperdiçar saliva com o *Homo sapiens vulgaris* — suspira, lótus —, ainda que seja parte do protocolo. Calia sabe o que significa protocolo e também sabe que sua família, esses parentes que a genética lhe impingiu ao acaso — abra, lótus —, preocupa-se com sua evolução linguística e comunicativa; quando isso ocorre, eles atrapalham.

Mamãe, a dos pelos grossos no nariz, volta a falar:

— Calia, minha linda, diga a verdade. — E logo se indigna: — Moscas! Moscas por todos os lados! Vou espantá-las para você! Estão em cima de você, Calia!

Asinhas de moscas.

— Só quero que me diga a verdade. Diga se é você, se está aí. — A voz de mamãe parece destroçada.

Calia desenha mais rapidamente.

Asinhas de borboletas.

Agora vou falar de amor, ok? É o que se espera que uma adolescente faça em uma história que, ao menos em parte, pertence a ela. Questão de hormônios e localização geográfica. De vocação narradora e testemunhal. Testemunhar sobre o tema do amor, eu não posso, não muito, não. Para falar de amor é necessário tê-lo visto a partir de uma terceira pessoa imparcial, onisciente, onissapiente, onipensante ou talvez oni-ignorante. Deduz-se que toda criança que nasce é fruto de um *milk-shake* particular de hormônios, necessidade biológica, ideal de durabilidade, ao qual se soma, por vezes, um ingrediente secreto. O ingrediente secreto, como muitos dirão sem necessidade de pensar, é o amor. Só que esse ingrediente secreto é um componente raro na natureza, aparece pouquíssimas vezes e sempre em uma janela de tempo estreita. Está me acompanhando? Tudo ok? Ótimo. Por exemplo, a janela é tão estreita que o amor só se manifesta no início de uma relação ou em suas brigas mais famosas, por isso é difícil que um filho se engendre justamente no contexto dessa janela, justamente na brecha pequenina na qual o ingrediente secreto floresce e se manifesta.

Seria coincidência demais que eu fosse o resultado harmonioso da união de meus pais, certo? O amor nunca esteve ali. E, se esteve, a verdade é que a cozinha ficou sem o ingrediente secreto há muito tempo. É difícil, já sei. Amar é complicado. Quem se atreveria a suportar a terapia de mamãe? Quem se atreveria a suportar as medalhas de papai?

Portanto partiremos do princípio da ignorância, ok?

Vou falar de amor, mas à minha maneira. Por isso convido você a preparar comigo esta suculenta salada e a nos escandalizar com o resultado, pois esta mesa não apresentará um prato bonito nem do agrado de todos.

Eu me lembro da minha primeira vez.

Quem não se lembra?

Para falar do amor, é preciso falar do objeto do amor. Em tudo o mais, a manifestação da paixão é igual ou muito parecida. Legal, está me acompanhando? Assim não nos complicamos. Eu digo amor, e você entende do que se trata, sem a necessidade de utilizar metáforas. O que muda é o objeto. Ou seja, *aquilo* que nos apaixona.

Estou dizendo *aquilo*.

Compreende?

Para mim, não é *aquilo*. Ou não é somente *aquilo*. Ok? Claro que sim, entendo, não respira, não é igual a você, a Cacaleb ou a Cacalia, mas também não está morto como os bichos que meu irmão mata. Digamos que é uma respiração *diferente*. Ou uma vibração. Uma vibração secreta. Está me acompanhando?

Não?

Estou falando do amor. Do objeto do amor. Do meu primeiro objeto do amor.

Meu pai começou a nos fotografar. Por um tempo, foi sua grande obsessão. Um homem importante devia ter um registro gráfico de sua vida e da vida de sua prole. Nesse ângulo, nós entrávamos, então papai nos obrigava a nos vestir, a nos fantasiar de marinheiros, soldados, mineiros, gnomos, usávamos roupas para sair, maiôs para uma praia falsa que nunca tivemos, trajezinhos de domingo, de segunda-feira, de quarta-feira, sorria, Cacassandra, faça uma pose, Cacaleb, ele nos pedia, e depois, quando Cacalia chegou, nós a incluímos nas fotos ainda que minha irmã mostrasse resistência, não participasse de nossos ângulos nem gostasse da ideia de se fantasiar de marinheiro ou de soldado, Cacalia, sorria, Cacalia, olhe para cá.

Mas Cacalia estava, como sempre, em seu desenho, na fase bunda de macaco, muito concentrada nos detalhes venosos, esponjosos, nos detalhes hiper-realistas, e não restava outra opção a não ser obrigá-la a entrar no círculo dos três irmãozinhos, foto, foto, foto, Cacaleb com sua cara obediente e eu com minha melhor expressão de amor.

Porque, sim, eu já estava apaixonada, e o objeto de meu amor estava pendurado no pescoço de papai e era testemunha do meu vestido de marinheira e do meu laço vermelho, ou do meu laço azul e do maiô de babadinhos.

Foi amor à primeira vista.

Ou à primeira foto.

Que lindo, Cacassandra, papai elogiava meu sorriso e pela primeira vez parecia orgulhoso do fato de eu não ser um desastre, mas coerente com seu sonho de durabilidade por meio da imagem. Mas eu não fazia por ele, mas por *aquilo*.

Ok? Está me acompanhando? Estamos entendidos?

Meu primeiro amor foi a câmera fotográfica de papai.

Era uma questão de foco. Ou de lente. Me apaixonei pela lente. Por sua redondeza, por sua capacidade de abrir-se como uma flor. Era fria, recendia a algo estranho, a plástico e cristal. No entanto, hoje lembro que o odor de plástico e cristal evoluiu para outros mais complexos, como o odor de ferrugem de pontes antigas, o odor de cal dos edifícios, o odor de madeira de uma poltrona. Amor breve esse da poltrona, mas intenso, embora essa seja uma descoberta do futuro, parte da evolução desta história. Portanto controlemos os impulsos e regressemos ao passado, voltemos o filme, voltemos a fotografia.

Aqui estamos outra vez.

Minhas fotografias favoritas eram aquelas das quais meus irmãos não participavam. As fotos solitárias me davam a oportunidade de encarar o objeto do meu amor e de ser contemplada. Papai sorria, orgulhoso. E eu estremecia. Borboletas no estômago. Não, borboletas, não, pois Calia poderia saber. Mosquitinhos no estômago, rodopiando.

Um amor secreto é uma mescla agridoce de frustração e hormônios, certo? É claro que naqueles tempos não era capaz de dar nome às ideias e muito menos à dopamina que afetava meu cérebro e não me deixava dormir, ansiedade de separação, angústia, eu só aguardava o momento perfeito em que papai voltaria com sua obsessão de documentar a realidade, que alegria porque eu era parte dessa realidade, era parte da história. Se Cacaleb protestava ou Cacalia se recusava a ser tocada, então eu sempre estava lá, sorridente e disposta a ser fotografada inúmeras vezes, disposta a fazer o que fosse necessário pelo objeto do meu amor. Era tão obediente que em certas ocasiões papai me permitia tocar a lente da câmera.

A felicidade é uma forma difusa que ainda hoje associo ao fato de contemplar o que se ama e, ao mesmo tempo, ser contemplada.

Eu já disse que esta é uma história de amor, ok? Talvez não tão típica quanto a clássica história de garota conhece garoto, garoto conhece garoto, garota conhece garota.

Amei muros que desapareceram. Esses amores são os mais terríveis. Uma mistura do platônico com a sensação de ter nascido depois do seu tempo. Amei uma máquina lava-louça. Algo breve, um relacionamento de alguns meses. Não me sentia correspondida, precisei deixá-la ir. Então amei edifícios. E uma torre. É verdade que tive um breve *affaire* com uma poltrona, ou talvez tenha sido apenas uma fagulha, algo que não existia totalmente, mas que faz parte das minhas fantasias eróticas consumadas. A marcenaria antiga tem algo, um não sei quê, acho que é a experiência, a diferença de idade, que sempre ajuda a deixar tudo mais emocionante.

Esses são os objetos de meu amor.

Está me acompanhando? Pois bem: esta é uma história romântica que fala de frustrações adolescentes, hormônios e um ingrediente secreto, ok?

Depois não diga que não avisei.

O Vovô Bigode chegava de repente, sem avisar. Quem disse que as visitas não anunciadas são desagradáveis? De jeito nenhum. Era uma alegria cada vez que o Vovô Bigode abria a porta de casa. Os nervos de papai disparavam em forma de gotas de suor que escorriam pescoço abaixo, testa abaixo; os nervos eram os piores inimigos, e por isso papai pressionava as mãos, ser um homem fiel a seu tempo e ao bigode do General implicava um esforço tremendo, sobretudo quando se está em casa, no repouso da privacidade, onde tudo é tão esquisito, onde se pode gaguejar confortavelmente sem medo do que dirão os outros homens de medalhas e, em especial, sem medo de que as crianças pareçam estranhas, o que já são, e muito. É preciso que o Vovô Bigode não se dê conta.

Se alguma vez ele soube, aparentemente não se importou. O Vovô Bigode entrava na casa com as botas cobertas de poeira, mas sacudia os pés ao entrar e gritava:

— Vamos ver, Cassandrinha, onde se meteu? — E, enquanto procurava a garota escondida, que era um pacto estabelecido de antemão entre o Vovô Bigode e Cassandra, o General sorria e esfregava as mãos.

Ele nunca chegava sem presentes.

Ao entrar na casa, o Vovô Bigode tornava-se o anfitrião. Não importava que a casa não fosse dele. Afinal de contas, o país era, e aquela casa, dentro de seu país, era uma parte a mais da expansão de seu território. Ali se jogava de acordo com suas regras, e todos sabiam disso. Sua escolta permanecia fora, porque naquela época os tios ainda não haviam tentado assassinar o Vovô Bigode. A casa era pacífica e segura, território de paz de um homem do seu tempo, fiel a seu país, ao Vovô Bigode e à ideia de uma família perfeita.

Cassandra achava o velho General cômico. Muito alto e desengonçado. Às vezes parecia magro e outras vezes gordo. O Vovô Bigode apontava tudo com o dedo indicador, como se estivesse marcando o que era importante para ele e o que era dispensável. Apontava tudo, até mesmo as medalhas no peito de papai:

— Ei, rapaz, me ajude a lembrar, quando lhe dei essa medalha?

— Há dois a... anos, meu General.

— Ah, sim, há dois anos, e por que lhe dei?

Papai dava início a uma longa e um tanto absurda história sobre as razões de seu merecimento, e eram tantos os detalhes que o Vovô Bigode ficava entediado:

— Está bem, está bem... eu me lembro — mentia.

Gostava de café. Sem açúcar. E de doces muito açucarados. Era um homem de contrastes. O mais encantador nele era, precisamente, o bigode, que não parecia nem tão curto, nem tão longo; nem descuidado, nem arrumado demais. O bigode do General era uma expressão de equilíbrio, mais ainda, de equilíbrio grego, que, como todos sabem, ou ao menos deveriam saber, é a justa medida de todas as coisas. Pode-se dizer que o bigode do General era um bigode clássico, régio, socrático. A única perfeição em seu corpo. O restante era bem medíocre. Até mesmo o uniforme deixava muito a desejar. Nas primeiras horas da manhã, parecia perfeito, mas, com o passar do tempo, o uniforme amassava, perdia a paciência, enchia-se de marcas de mãos e punhos, dependendo do humor do General naquele dia.

Cassandra era fascinada pelo bigode.

— Venha cá, Cassandrinha, sente-se aqui... — dizia o General, já acomodado, enquanto fumava um charuto e bebia uma xícara de café amargo.

O fumo não incomodava a menina, mas o Vovô Bigode sempre apagava o charuto quando ela estava perto:

— Adivinha o que te trouxe de presente hoje?

Não era difícil adivinhar:

— Uma boneca.

— Mas você é muito inteligente, Cassandrinha.

Não era preciso ter inteligência para saber que o Vovô Bigode adorava presentear com bonecas. Por muitos anos, Cassandra teve todos os tipos delas.

— Não há nada mais bonito que bonecas variadas — sempre dizia o General, e então parecia um menino que amava brinquedos.

Cassandra o agradava. Era um pacto secreto. Montava sua corte de bonecas ao redor do Vovô Bigode, e ele se ajoelhava ao lado da menina e ouvia atentamente as ordens fingidas de Cassandra. Boneca, não seja malcriada e coma toda a sua comida, não gosta de arroz, então vai ficar de castigo; boneca, o que está acontecendo, por que não me olha nos olhos; boneca, é verdade que você vem de um mundo azul. E, assim por diante, invenções bobas que Cassandra improvisava diante dos olhos do General, tudo para ver o bigode grego e perfeito. No entanto, papai tentava entrar na conversa a todo custo, fazer parte da dinâmica que existia entre o General e sua filha. Era uma boa oportunidade para que um homem de confiança como ele se convertesse em um homem da família, ou seja, da família do Vovô Bigode. Falava, tagarelava e gaguejava enquanto o General assentia com a cabeça, como se dissesse sim ao vazio. Cassandra se perguntava por que o Vovô Bigode aguentava que papai fosse tão idiota.

Quando o General se entediava das baboseiras de papai, fazia um gesto com a mão, um já estou entediado que não demandava outra sílaba para que fosse uma ordem, afiada e dura como um pelotão de fuzilamento. Se estivesse de bom humor, acrescentava:

— Descanse, rapaz. Aproveite o tempo com sua filha. Logo ela vai crescer.

Cassandra era mais rápida. Mais esperta que papai. Aos poucos, ela conseguiu sentar-se nos joelhos do Vovô Bigode. Esse era um privilégio concedido apenas a crianças muito especiais, aquelas que apareciam na televisão quando se comemorava uma data importante ou quando o General queria passar a imagem de Pai do Povo. As crianças eram escolhidas. Um *casting* especial que devia mostrar toda a variedade do país em suas cores e formas. Mas Cassandra sabia que ela era ainda mais especial que as crianças na televisão e nas entrevistas, porque vivia no mundo real onde o General não era outra coisa senão o Vovô Bigode:

— Por que você tem bigode? — perguntou-lhe um dia.

O olhar escandalizado de papai foi uma repreensão. Papai disse o nome da menina em voz alta, e Cassandra fingiu encolher-se, fingiu ter tomado um susto enorme, suficiente para que o General estalasse a boca com desgosto e olhasse para papai. Agora papai sabia o que significava ser repreendido. E é claro que não gostou. Ninguém desejava que o Vovô Bigode estalasse a boca.

— Bom, é porque bigodes são interessantes — respondeu à menina.

— Interessantes?

— E misteriosos. Por exemplo, se sorrio, ninguém consegue saber com certeza. E, se estou chateado, o bigode esconde o momento em que pressiono os lábios. Bigodes são como uma máscara, Cassandrinha. Sabe o que é uma máscara? — Cassandra sabia, mas fez que não com a cabeça. — As máscaras são uma arma. E todo homem inteligente deve ter pelo menos uma.

— Então por que o papai não é inteligente?

O General riu, engasgando-se com a saliva:

— Estas crianças... — Em seguida, olhou para papai com sarcasmo, mas o que disse foi uma resposta para Cassandra: — Pois, acredite, é melhor que seu papai não tenha bigode.

— Por quê?

— Bem, sua curiosa, a verdade é que não gosto que ninguém me imite. Os imitadores estão fadados ao fracasso.

Por alguma razão desconhecida, papai estremeceu ao ouvir aquilo, e Cassandra sentiu que era poderosa; muito poderosa, na verdade, já que o Vovô Bigode parecia gostar dela mais do que de papai e suas medalhas. Por exemplo, o Vovô Bigode não se lembrava por que nem quando havia entregado as medalhas ao papai, mas lembrava-se perfeitamente do nome de cada boneca e do dia exato em que as dera a Cassandra.

— Posso te chamar de vovô? — perguntou Cassandra.

— E por que não? — O General sorriu, quase afetuoso.

— Meu Vovô Bigode?

O General não respondeu, mas Cassandra sabia perfeitamente como era o rosto comovido de um adulto.

Aquele conhecimento também era uma arma.

As moscas proliferavam ainda mais no calor do verão.

O verão era a pupa original da qual nasciam todas as moscas.

Desde que as medalhas de papai haviam perdido seu efeito e o Vovô Bigode parou de visitar a casa, foram estabelecidas novas leis de estrito cumprimento a todos os membros da família.

— Foi um mamal-entendido — gaguejava papai, e apertava as mãos com nervosismo arrítmico. — O General é justo. Não pode me ava... avaliar pelo que fize... fize... fizeram esses apá... apá... apátridas.

Os apátridas eram os tios.

Os tios eram as únicas pessoas normais que Caleb conhecera na vida. É verdade que não havia muita margem de comparação, pois, na casa, a mais próxima da ideia de ser comum era mamãe, que colecionava livros de autoajuda e psicoterapia de grupo e cujo ódio pelos três filhos era uma atmosfera densa que — Caleb tinha certeza — até as moscas podiam sentir, caso se esforçassem um pouco. Sobre os demais membros da família, Caleb preferia não comentar.

Ao que parece, eles nem sequer tinham consciência de que eram estranhos. Isso era ainda mais complicado. Ter consciência da estranheza individual é um passo para a tolerância familiar, pensava Caleb. No entanto, as moscas mais velhas ou doentes vinham pousar nele, e é preciso ressaltar que já conhecemos o propósito delas; as moscas, inclusive, têm um propósito claro na sua vida de inseto, tema comum a qualquer existência: morrer sem dor, e Caleb era o remédio, o paliativo, Caleb era a passagem só de ida para o paraíso das moscas, um lugar idílico onde elas poderiam pousar em lixeiras infinitas. Caleb era o provedor da morte. Ao menos, podia-se dizer que o menino tinha consciência de sua estranheza: sabia que era um passaporte para a não existência. Caleb tomava precauções para se esconder, para ser um pouco mais normal, tinha aprendido com os animais e suas habilidades de camuflagem. Recordava-se com perfeição dos olhos de Cassandra naquele dia no zoológico, assim como se recordava da expressão desiludida de papai e sobretudo dos animais mortos, de todos os que haviam tentado tocá-lo com a esperança, ou algo similar à esperança, de pôr fim à agonia do encarceramento. Eventos semelhantes ocorreram depois. Um coelho, um jabuti, moscas, incontáveis moscas de patas roliças, sem asas, pegajosas após submergirem na água, úmidas e agonizantes; que incômodo ver o desfile de insetos em busca da morte. Caleb tentava livrar-se deles, porém isso era ainda pior, os insetos se esforçavam, eram persistentes, é preciso reconhecer sua persistência, qualidade valorosa não só para a espécie humana. Arrastavam-se, os insetos, perseguiam o menino como uma procissão de mendicantes, até que Caleb se dava por vencido — *não sofram mais* —, um vestígio de misericórdia — *e não me façam sofrer mais, todos se deram conta de que sou estranho* — e um vestígio de preocupação mundana que há de se perdoar em alguém tão jovem. Que venham a mim os insetos, os bichinhos agonizantes, cedia, e deixava que as moscas, as formigas, os grilos, as baratas se aproximassem sem timidez em busca da morte, bem sabiam os bichos do favor enorme que significava o corpo daquele menino, o favor de morrer tranquilamente.

Apesar das habilidades de camuflagem, não era sempre possível a Caleb se esconder. Muitas vezes se dava por vencido. Na escola, por exemplo. De que maneira poderia evitar que, no playground, na grama fresca, subisse por seu joelho uma fileira interminável de formigas entediadas com a vida. Como haveria de saber que o coelho de sua irmã tinha câncer, em estado terminal, degradado o coelhinho, em sofrimento agonizante, que já não roía capim, só olhava para o mundo como se através de uma janela sem vidro, até que Caleb o tocou inocentemente, sem propósito algum, muito menos para salvá-lo de uma dor que o menino não tinha descoberto, o único sinal era que o coelhinho saltava muito, atirava-se contra as grades da gaiola toda vez que Caleb se aproximava. Agora, vendo pelo ângulo iluminado da retrospectiva, o sinal era claro. Mas, naquela época, Caleb era incapaz de entendê-lo: o coelhinho lhe parecia adorável; na verdade, tinha certeza de que era uma coelhinha, isto é, uma fêmea prenhe, graças à barriga redonda, razão pela qual ela ia inchando mais a cada dia. Qualquer gestante, não importa qual seja a espécie, se torna com o passar do tempo uma massa redonda. Como Caleb haveria de supor que não eram crias, mas câncer, e que nesse volume também havia algo sendo gerado, só que doloroso, diferente. Acariciou o coelho, enfim, um dia como outro qualquer, e bastou que um dos dedos de Caleb chegasse ao focinho para que a gaiola inteira estremecesse por um instante. Isso foi tudo. Tudo o que resta a ser narrado são os gritos de Cassandra, que não podem ser realmente descritos como ocorreram, assim como também não podem ser reproduzidas as palavras da irmã mais velha, Caleb-mata-coelhos foi o melhor epíteto que ocorreu à garota, Cacaleb, o que você fez?, perguntou papai, por quê? As perguntas pairaram no ar, penduradas como cenouras, e, embora Cassandra não chorasse, ela disse eu te odeio, palavras fortes, eu te odeio, Caleb-mata-coelhos.

Não adiantou fazerem uma autópsia no cadáver do bichinho inchado.

Naquela época, as medalhas de papai serviam para alguma coisa, tinham um propósito, cada uma simbolizava uma ordem que devia ser cumprida ao pé da letra, e, se papai dizia autópsia de coelho, aquele desejo era uma ordem, e o coelho era aberto, e cada um de seus órgãos analisado com atenção. Vai saber, melhor prevenir que remediar, talvez um dos inimigos do povo tenha tentado envenenar o coelho das crianças, coisas assim acontecem, dizia papai, os inimigos do povo estão em todos os cantos e usam métodos terroristas, não apenas bombas, que são as armas dos inimigos do povo, mas formas sinuosas, criativas, por exemplo, o envenenamento de um coelho com urânio ou outro material radioativo. Uma autópsia poderia dar um rosto à morte, um rosto que não fosse o de Caleb, pois, segundo papai, até aquilo que parece mais estranho tem uma explicação natural e dialética, que obedece às leis da natureza. Quem acreditaria que um garoto detém o poder de ser mata-coelhos, assassino-de-insetos. Não, urânio radioativo, inimigo do povo, aqueles eram termos conhecidos, termos de manual, os quais papai sabia de cor, os quais podia compreender tão bem quanto o peso de suas medalhas.

O termo câncer também era compreensível. Somente duas sílabas. Fácil. É isso. O coelhinho, que não era fêmea, morreu em decorrência de uma doença terminal e dolorosa. Foi melhor para ele, papai disse algo assim para uma Cassandra chorosa e, a fim de consolá-la, a presenteou com uma nova lente de câmera fotográfica, assim a menina esqueceria tudo com seu novo brinquedo, um brinquedo que parecia entretê-la.

— Ei, Cacaleb — perguntou papai uns dias depois, quando encontrou tempo para que ambos ficassem sozinhos —, o que fez ao coelho? Diga a veverdade.

— Nada.

— Você en... en... encostou e ele morreu? Foi isso?

— Sim, no focinho.

— Então você chutou o fo... o fo... o focinho dele...

— Não.

— Foi como nanaquela vez no zoológico?

— Sim.

— Merda, Caleb. Não conte isso a ninguém. Lembre que os i... que os i... inimigos do povo estão em totodos os cantos e usariam qualquer in... informação contra nós.

Papai não disse mais nada nem fez outra pergunta. Foi limpar e acariciar suas medalhas. Aquilo o tranquilizava. Caleb pensava frequentemente nos inimigos do povo. Eram muitos e estavam em todos os lugares. Uma equação matemática: quanto mais importante papai era, mais inimigos perseguiam a família. Conclusão: agora que papai tinha problemas, o número de inimigos deveria diminuir ou não? Caleb também pensava nos tios. Lei de associação. Os tios, que eram tão normais, se transformaram em uma estranha espécie de monstros. Nem mesmo seus nomes eram mais pronunciados, pelo menos não em voz alta. *Ela* — pronome pessoal feminino da terceira pessoa do singular — era a tia. *Ele* — pronome pessoal masculino da terceira pessoa do singular —, o tio. O uso correto de *eles* — terceira pessoa do plural — resumia a união daqueles dois inimigos do povo que também eram, nomeadamente, os responsáveis pela desgraça de papai.

Era difícil saber em que consistia a desgraça de papai. Também não se falava nisso em voz alta. A televisão estava proibida, pelo menos por enquanto, não havia rádio em casa, e os jornais não chegavam havia semanas. O mundo exterior tinha se tornado uma ostra. E, embora não tivessem retirado as medalhas de papai, alguma coisa acontecia, ah, sim, porque o General Bigode não visitava mais a casa e papai gaguejava feito louco:

— E... E... Ela foi a culpada — referia-se à tia, pronome pessoal feminino da terceira pessoa do singular. — E... E... Ele era um cabe... um cabe... um cabeça de merda, sempre fazendo o que ela quequeria.

Os tios eram pessoas normais. Ela gostava de costurar. O tio cozinhava espaguete. Tinham dois filhos. Todos usavam óculos. Pessoas de óculos são as mais comuns no mundo. Caleb não conseguia conceber que um inimigo do povo usasse óculos.

Era banal demais.

A obsessão por borboletas começou há anos, quando mamãe ainda era menina. Naquela época, muitos assuntos eram discutidos em voz baixa. Levantar a voz era um privilégio, porque todas as paredes tinham ouvidos, inclusive as paredes dos vizinhos. Essas eram as mais perigosas. Não se podia confiar em ninguém. Portanto, os segredos tinham de ser guardados a sete chaves. Mamãe era pequena, mas já sabia que levantar a voz era um ato de rebeldia. Caso perguntasse, caso quisesse saber o que os adultos estavam conversando à mesa, na hora da refeição, ela só ouvia a resposta típica, as crianças falam quando as galinhas mijarem ouro maciço, as crianças perguntam quando os sapos tiverem pelos, as crianças opinam quando os peixes voarem, e aqueles fenômenos da natureza, tão diferentes de outros fenômenos que mamãe-menina conhecia bem, eram tão incomuns que ela nunca sonhou inteirar-se de nada.

Contudo, depois de um tempo, ela soube, ou melhor, leu nas entrelinhas, entre as grossas tramas das linhas, do que falavam os adultos, associou palavras e reuniu conceitos.

De fenômenos da natureza, mamãe poderia falar durante horas.

Por exemplo, da tia bonita, a muda solteirona, a muda de bunda grande, a que pintava, a que nunca parara de pintar desde que tinha dois anos, a que nunca pronunciara uma palavra pois, e assim dizia a avó da mamãe-menina, que, por sua vez, era a mamãe da tia muda, é preciso deixar que Juliana se entenda com deus por meio dos lápis de cor, porque foi isso que veio fazer neste mundo. A tia bonita se permitia desenhar tudo o que quisesse. E olha que ela o fazia bem. Um gênio. Um gênio ocupado com a precisão anatômica da morfologia dos animais. Que pena que a tia bonita não se ocupara de fazer dinheiro, que pena porque seriam milionários, quem não gostaria de ter um elefante praticamente vivo em um quadro, quem não gostaria de ter macacos, baleias, papagaios, quem não gostaria de ter salamandras que pareciam respirar, quem?, mas a avó de mamãe-menina sabia, a mãe da tia muda sabia, deixem que a garota se entenda com deus, não a incomodem, para que vender seus quadrinhos, a garota é feliz, o importante é que a garota seja feliz, nós não somos interessantes para ela, não somos inteligentes o suficiente para ela. Para mamãe-menina, aquela afirmação era uma barbaridade, mas ela nada dizia, pensava, quem a proibiria de pensar que era dona do palácio de suas ideias, onde as galinhas mijavam ouro, os sapos tinham pelos e os peixes voavam, o que acontece é que a tia não nos suporta, nós a atrapalhamos, algum dia terei razão, convencia-se mamãe-menina, apenas é preciso encará-la nos olhos um segundo e em seguida se nota, se vê, a tia é a dona da vida de cada um de nós.

O verdadeiro fenômeno da natureza chegou depois.

A tia bonita começou a desenhar borboletas.

De um dia para o outro.

Da noite para o dia.

Eu gosto de borboletas, suspirou a avó da mamãe-menina que também era, como já foi dito, a mãe da tia muda.

Com o desenho de borboletas, tudo começou a mudar. Inclusive a tia, que naquele dia falou pela primeira vez:

— É a hora em que começamos a morrer — disse a tia, e em casa todos a aplaudiram, aplausos como estrondos, como pedradas, e naquele momento ninguém pensou na seleção de palavras da tia, naquela ideia da morte. Ao fim e ao cabo, por acaso não se morria todos os dias? O milagre era outro, o milagre era que a garota das borboletas havia falado após uma longa conversa com deus. Agora a conversa havia terminado, e deus estava pronto para usar a boca da tia como habitáculo. Porque, sim, a tia não era mais muda, era apenas bonita e com olhos grandes demais.

Mamãe escuta os gemidos da porquinha Cassandra, da filha que arrasta no nome o prefixo merda, e sente vontade de derrubar a porta do quarto a patadas. Não há nada pior que o som de um orgasmo alheio quando não se tem orgasmos próprios, basta à mamãe ter parido aquela criatura conflituosa para saber que Cassandra faz isso de propósito, que por trás do refúgio da porta de seu quarto Cacassandra a porquinha se masturba para incomodá-la. Cacassandra a porquinha todas as tardes espera que o pai saia para o mundo exterior, quem sabe quais assuntos convocam o pai para outros lugares. No entanto, no reino que é sua própria casa, mamãe não espera respostas, não escuta, não responde às perguntas da própria consciência, o assunto é que o pai de Cacassandra, o doador do prefixo merda, leva uma vida própria além das fronteiras da casa, além do conhecimento da esposa, além dos orgasmos que mamãe não teve, poucos e ruins nas vezes em que teve, esse é todo o mérito que se pode conceder ao homem das medalhas.

O ódio de Cassandra não é apurado, é bastante elementar, um ódio quase terapêutico de enfrentamento das figuras de poder, pensa mamãe, em especial da figura feminina, isso explicaria perfeitamente seu cinismo e sua cara de porquinha hormonal, seus gemidos e sua expressão dissimulada de culpada assim que atinge o orgasmo e abre a porta do quarto para que todos a vejam, esplêndida, depois de gozar. Tentativa estúpida de adolescente que somente busca provocar o ódio ou a inveja materna; em todo caso, esse é um ódio terapêutico, de manual, de livretos, que podia ser facilmente curado se Cacassandra quisesse.

Cacassandra concentra-se em gemer bem forte e bem firme, porquinha inteligente que escolhe as horas exatas em que o pai está fora para tocar-se, curioso esse ódio adolescente que deseja vencer a mãe, patológica Cacassandra, e lógica ao mesmo tempo.

Mamãe encosta com cuidado na porta do quarto da garota. Um toque leve, mas suficientemente sonoro, como se para acabar com o gemido e o orgasmo.

— Cassandra...? — diz em tom de pergunta, sutil e involuntário, nada melhor que isso para conter a filha porquinha, se a filha porquinha não fosse quem é, uma filha da puta sem-vergonha que só pensa no som dos próprios orgasmos, que deseja ver a mãe submetida àquilo que não deseja ouvir.

Durante poucos minutos, mamãe fica junto da porta e aguarda por uma resposta qualquer, que ao menos a voz de Cassandra esboce alguma desculpa ou talvez nem diga nada, mas no mínimo guarde silêncio, o silêncio dos solitários e dos culpados, o silêncio do filho que sabe que medir forças com a mãe é um erro crasso, daqueles do pior tipo. É inútil porque os gemidos de Cacassandra seguem lá dentro, uma demonstração elementar de ódio contra a mãe, um ódio troiano, um ódio grego, tão antigo quanto clássico, bem adequado ao nome dela.

Não é a primeira vez que mamãe escuta os gemidos de Cassandra. Seja lá no que a filha acredite, mamãe se lembra de como soam os gemidos, sabe identificá-los. Se pensarmos bem, o ódio elementar de Cassandra caminha na direção da suspeita: por acaso a memória de mamãe saberá identificar os sons de prazer ou estes se parecem com o eco da mão que limpa medalhas, pergunta-se a filha, porque somente ao limpar medalhas é que papai tem mãos e tem corpo, porque somente então é que papai é um homem do seu tempo, quando está longe de mamãe, que evidentemente já cumpriu seu propósito biológico de dar à luz a descendência, de ser a parideira; útero e vagina serviram apenas como habitáculo temporário dos filhos e como canal de parto, é melhor não tocar em outros pontos da anatomia do prazer de mamãe, é melhor fingir que eles não existem, que nunca existiram, já que não têm nenhum propósito que sustente a ideia da perenidade genética de papai.

Sim, é claro que mamãe lembra como soam os gemidos, ainda que a filha acredite que ela é apenas uma incubadora, uma galinha que bota ovos, uma máquina automática de óvulos. Mamãe também poderia tocar a si mesma. Mamãe também poderia ter orgasmos se quisesse. Mamãe se convence de que poderia e imediatamente se enche de coragem, para que enfrentar a vulgaridade sexual de sua filha com outra vulgaridade semelhante, para cunhar um ódio elementar, ela se pergunta, um ódio terapêutico, ela se indaga, de que lhe serviria demonstrar que pode muito bem ser a rainha dos orgasmos nesta casa, neste domínio que é seu, seu e não da porquinha Cacassandra, aquela cujo prefixo merda está atado ao nome.

Mamãe prefere ficar atrás da porta e escutar, assim como a filha escuta que a mãe está ali, isto é, trata-se de uma espionagem bilateral de sons:

— Cassandrinha...? — Mamãe se esforça para tocar a porta de maneira insidiosa, enquanto os gemidos aumentam de volume.

O ódio da filha contra a mãe é um assunto natural, um assunto elementar, às vezes é um ódio muito sonoro, mamãe sabe, mamãe lembra como é segurar um orgasmo até não poder mais, como Cassandra faz bem agora, que já não pode mais e termina com um grito, um grito leve e irritante, como um alerta que se sente quase na cara, quase ao lado da porta onde a cara de mamãe repousa.

— O que você quer? — responde Cassandra finalmente. Mamãe se afasta quando a filha abre a porta. Ao seu redor se espalha um odor difuso, o odor que se recorda ou se reconhece em qualquer lugar do mundo, denso como uma nuvem de gemidos, do qual mamãe não se esqueceria nem no caso de se passarem mil anos.

Mamãe poderia responder com uma ameaça ou qualquer outra pergunta idiota, para tirar a importância do golpe dramático de efeito que Cassandra pretendeu lhe dar, um golpe de Estado, um orgasmo como golpe de Estado que é uma maneira não tão sutil de demonstrar o ódio elementar contra a própria parideira, contra a galinha humana, contra a vagina com cabeça que mamãe é para a filha. Mas mamãe não diz nada. Não imediatamente. Depois de um minuto, responde o seguinte:

— É hora da comida.

Apenas lhe dá tempo para se alegrar ao ver a expressão de Cacassandra, seus olhinhos de porca hormonal prontos para o segundo *round*, para o segundo combate, já que a primeira vez se provou ineficaz.

— Anda e termina logo o que está fazendo — volta a dizer mamãe —, antes que seu pai chegue.

Cassandra encolhe os ombros:

— Ok.

O verão é a pior época do ano: essa é minha opinião, e ponto-final. E o verão é a única estação que este país conhece. Esqueçam o inverno. Nem sonhem com outono ou primavera. É um país de uma única estação... e além do mais tão cálida. É por isso que as pessoas terminam loucas neste lugar. Vejam, por exemplo, papai. O verão o converteu no que ele é. Agora está muito concentrado em imaginar vinganças, em sonhar com o poder, isso se nota, se cheira. Limpa sem parar suas medalhas, e que bom que não as tiraram dele, porque com este calor, e com papai sem nenhum vestígio de sua antiga glória no qual se agarrar, o mundo seria uma merda.

Ser Cassandra nunca foi um assunto fácil, ok?

Para viver aqui, e ter um nome como o meu, é preciso se encher de paciência, respirar fundo várias vezes e ter um objetivo na vida.

Talvez seja culpa da escolha do meu nome, tema sobre o qual não tive voz. Ser uma princesa troiana em um país como este, em uma família como esta, é uma missão grandiosa. E, com este calor, uma missão impossível.

Vivemos fechados em casa. Lá fora, diz papai, o mundo está repleto de inimigos. Todos os que tentaram derrubá-lo do cavalo enfim conseguiram. Repete a mesma coisa seguidamente. Então aguente firme, Cassandra, não sonhe com o fim do verão porque estamos no caminho do eterno retorno, e isso, senhores que me escutam, é abominável. Papai também é abominável, mas isso ele não sabe. É preciso perdoar sua ignorância. É abominável apenas por escovar os dentes e nos amar muito. Não há nada mais abominável que um pai que ama muito os filhos. Somos a semente do mal, mas ele nos adora, não pode viver sem nós.

Blá-blá-blá. Essa é a desculpa. Ótimo.

Por isso não nos deixa sair. Para nada. Desde pequenos nos preparou para este momento. Para este cenário, e para outros milhares de possíveis catástrofes, pois, como bem se diz por aí, quanto mais alto você sobe, maior o tombo, assim papai agora bate as asas desesperado e em queda livre, até o chão, sem paraquedas, sem proteção alguma, porque o globo do poder explodiu.

Ser Cassandra nunca foi um assunto fácil, ok?

Essa é uma afirmação que mamãe não teria dúvidas em pôr abaixo. Segundo ela, ser Cassandra é algo tão simples quanto ser qualquer outra pessoa. Diz isso e já não lhe treme a boca, não duvida, porque mamãe se considera o poço de toda a sabedoria, mas dessa sabedoria seca, sem umidade, que não serve para nada, a não ser como alimento para as traças. Mamãe é um pouco isso, uma traça com muito pó nas costas. A verdade é que não se pode odiar as traças, estão neste mundo porque cumprem um propósito, ainda que eu não saiba com clareza qual é o dela: ser a mulher de um homem poderoso ou ser a mãe perfeita, não que vá muito bem em um ou em outro, isso está claro, não há dúvida a esse respeito, ser mamãe nunca foi um assunto fácil, ser a esposa de um homem poderoso nunca foi um assunto fácil, ser uma traça menos ainda.

Eu queria sair, dar uma caminhada *espacial* pelo bairro. Espacial, e não especial, observe que escolho as palavras adequadamente, não é erro, uma caminhada *espacial*, porque agora sair para andar no bairro, pelas mesmas ruas da vida toda, é uma aventura olímpica, é a Guerra de Troia, um heroísmo semelhante à conquista do espaço, pois, de acordo com papai, os olhos dos inimigos do povo — ou seja, os olhos dos inimigos de papai, o homem das medalhas, a quem o Vovô Bigode não quer mais por perto — nos espreitam. E nós somos a isca.

Quando falo nós, eu me refiro a Caleb, a Calia, a mim, aos três rebentos, à semente do mal.

É preciso resistir.

É preciso acumular paciência.

Ótimo.

Papai não entende. Não se pode pedir tanto a um homem que apenas esteve apaixonado por suas medalhas.

Na verdade, a caminhada *espacial* é um trajeto relativamente curto, oito quadras, sempre na direção norte e em linha reta.

No final do caminho, bem ali, minha amada me espera.

À primeira vista, minha amada nada tem de especial. Não é a ponte mais bonita do bairro, nem mesmo a mais limpa, e é provável que seja a mais velha. Suas estruturas estão cobertas de ferrugem. Mas, sob a ferrugem, pode-se sentir a ternura, e isso não se esconde, não há revestimento que cubra o que ela sente por mim. Quando a toco, ela vibra. Que garota vibra assim quando outra a beija? Que garota permite que você a toque, que a acaricie dessa maneira? Nenhuma.

Soube que minha amada era uma essência feminina quando nos vimos pela primeira vez. Não importa o que digam, ok?, a primeira vez tem algo de especial, algo de proibido que desaparece com o tempo. Ela sempre esteve ali — oito quadras, linha reta, norte —, era parte do bairro, uma das tantas pontes, e por isso não posso dizer que foi amor à primeira vista, mas um amor de reconhecimento, de aproximação. Naquele dia a toquei e me dei conta de que ela estava pronta para me receber, assim que me encostei nela, ferrugem contra pele, metal contra osso, e meu coração bateu pelas duas até quase explodir em um orgasmo.

Agora vou falar de amor e literatura.

Shakespeare conhecia todos esses assuntos melhor que eu. Melhor que ninguém no mundo, para dizer a verdade, porque, quando Julieta surgiu na sacada, ela não contemplava Romeu, mas pressionava seu corpo contra o referido objeto de calcário, pressionava seu corpo para receber todo o amor e desejo, um amor de cal veronense, mais eterno que qualquer outra forma de afeição que um Romeu qualquer poderia ter proporcionado. Basta ler a dramaturgia elisabetana nas entrelinhas, ok? Basta ler Shakespeare nas entrelinhas para entender a paixão de Julieta pelos objetos de seu amor. Não sou eu que digo isso, que me chamo Cassandra e vivo no calor deste verão sem fim, quem disse isso foi Shakespeare, que escrevia melhor e mais bonito.

Diferentemente de Julieta, meu objeto de amor está distante, mas não tanto. Uma caminhada *espacial* nos separa, as medalhas de papai nos separam, a paranoia nos separa e também o Vovô Bigode. Papai imagina milhares de maneiras em que a vingança do Vovô Bigode vai se consumir, e, no entanto, eu respiro o ar quente. Parece que nesse ar viaja um beijo de minha amada, um beijo enferrujado, que me escapa, que voa, que corre até ela. Sei que meu objeto de amor me espera com seu desejo tão eterno quanto o da tragédia veronense. Então me sinto uma heroína. Me sinto Julieta. *Oh! Sê bem-vindo, punhal! Tua bainha é aqui.* As portas de casa estão fechadas o tempo todo, mas as janelas — *oh! Sê bem-vindo, punhal!* —, não. As janelas do andar de cima são uma opção. Ótimo. Quase me sinto a heroína de um filme romântico. Um passo após o outro, beiral, com cuidado, *tua bainha é aqui, repousa aí*, e corro oito quadras, linha reta, norte, sem olhar para trás nem pensar no Vovô Bigode, somente no fato de que logo vou beijá-la.

A ferrugem nos lábios, a ferrugem nos lábios, ferrugem é meu oxigênio.

Ninguém que dê aos filhos os nomes de Tunísia e Toronto poderia ser normal, pense Caleb o que for. Mesmo apreciando suas considerações sobre o tema do ordinário e do extraordinário, concordaremos, sem dúvida, que Caleb é um menino muito jovem e, mais que isso, mergulhado em seus problemas, que são muitos, ainda que tente escondê-los. Deve-se notar também que Caleb tem ideias eróticas difusas em relação à prima Tunísia e ainda não decidiu se é vítima de uma trama liderada por coelhos doentes e outras espécies desprestigiadas do mundo animal, ou um vitimizador do referido reino, um carrasco real que sacrilegamente despacha a vida dos minúsculos habitantes da natureza. Deve-se notar que Caleb não escolhe quais animais morrem ou não, são os animais que efetivam tal juízo. Isso deveria servir como prova irrefutável da existência de inteligências múltiplas: um animal que conhecesse a ideia de suicídio ou eutanásia mereceria ser chamado de espécie superior, e aqui temos mais um argumento a apresentar em favor da causa ambiental. Note-se que, diante desse exercício democrático de administrar a morte como se fosse justiça, um menino como Caleb não pode ter noções muito claras de bem e mal, de comum e raro.

No entanto, é preciso desculpá-lo: Caleb, tão jovem, já tem tantos problemas na cabeça. Não levaremos em conta sua ideia inicial de que a tia e o tio eram seres comuns — melhor dizendo, inócuos, indefesos, uma somatória de óculos e visão deficiente compensada pelo uso das referidas lentes —, em nada inimigos do povo ou das medalhas do papai de Caleb.

E essa não se trata apenas de uma apreciação levemente depreciativa em torno da decisão dos tios de dar nome aos filhos de maneira tão particular, como um país e uma cidade provenientes do mundo mais além de nossas fronteiras. O erro recai em outro fio que tentaremos esclarecer. Afirmemos que, sem margem de dúvida, este é o único país que vale a pena levar em conta, isso se sabe, sabe-se de antemão, sobretudo quando se vive dentro das fronteiras desta nação, de onde tudo se pode ver com mais claridade, tanto a obscuridade do mundo lá fora como a luz deste mundo inferior, íntimo, recatado, onde o verão governa, isto é, onde o verão e o General ditam as regras.

Mas para haver cegos basta haver quem voluntariamente não queira ver, e assim eram os tios, dois cegos por vontade própria, e também pais de Tunísia, quinze anos, e Toronto, oito.

E o que os eles não veem?, cabe perguntar.

Pois eles não veem o que não querem e veem o que querem, tão simples como se diz. Se um cego por vontade própria procurar as manchas do país, ele as encontrará. As manchas existem com um propósito, ninguém duvida, foram colocadas no tecido do país com o objetivo de que gente como os tios as encontrasse, e, dessa maneira, se soubesse quem é fiel e quem não é. Um método objetivo e justo, sabe-se bem, e não é necessário ponderar mais sobre esse ponto porque, ao fim e ao cabo, ele tem pouca importância nesta história.

Tunísia e Toronto viviam sob esses dois nomes horríveis e, para lhes dar o devido crédito, deve-se dizer que ambos conseguiram ser crianças relativamente normais. Seus nomes não eram motivo de marginalização ou segregação escolar. Na verdade, era possível dizer que Tunísia e Toronto eram quase populares, ao contrário de Cassandra, por exemplo, com sua mania de colecionar objetos antigos, ou de Caleb e sua tendência, você sabe, de ser um carrasco de coelhos, e menciono os irmãos mais velhos para não tocar em um tema delicado, o tema Calia, a caçula que desenha muito bem, mas isso é tudo de positivo que se pode dizer dela. Comparados a esses três irmãozinhos sementes do mal, Tunísia e Toronto viviam integrados na comunidade das crianças, naquela sociedade secreta em que os estranhos não encontram lugar, uma sociedade que imediatamente separa os membros muito estranhos do conjunto escultórico chamado infância. Poderia acrescentar mais, Tunísia e Toronto eram tão gentis que tentaram fazer com que Cassandra e Caleb se integrassem ao mundo escolar, um ponto extra para a dupla de crianças de óculos, e até aguentaram as contínuas anomalias dos primos; anomalias causadas, sobretudo, porque Cassandra e Caleb nasceram em berço de ouro, isto é, em berço de medalhas, o que equivale à realeza nestes tempos em que vivemos.

A origem do problema — honestidade acima de tudo — não eram Tunísia e Toronto, que fizeram o melhor que puderam com seus nomes de batismo, sobre os quais nunca tiveram voz. Se algo precisamente estranho pode ser apontado sobre os dois rebentos dos tios é sua única obsessão, uma obsessão compartilhada por ambos os irmãos: os jogos de geografia. Ao contrário de Caleb e Cassandra, que tinham pouca noção dos nomes de outros países, pois só se importavam com o nome sagrado do próprio país, Tunísia e Toronto eram capazes de localizar em um mapa todas as cidades, capitais e estados do mundo e até mesmo algumas curiosidades geográficas dignas de se levar em conta. Equivocavam-se pouco, e aquela obsessão por jogos de geografia mais tarde foi analisada minuciosamente quando o pecado político de seus pais veio à tona. Você pode imaginar que estou falando sobre o evento, o maldito evento que os tios planejaram e que colocou em xeque a saúde do nosso General Bigode, evento que mencionaremos rapidamente, de passagem, e apenas por meio de uma breve análise, não daremos mau exemplo para as novas gerações e, menos ainda, ideias de como, por que e quando algo tão horrível assim poderia ocorrer.

A análise dos jogos de geografia, aqueles jogos em que Tunísia e Toronto eram tão brilhantes, produziu resultados surpreendentes que devem ser examinados com uma lupa. Não o faremos aqui, nestas páginas, é claro; vamos nos contentar em deixar prova da suspeita: talvez Tunísia e Toronto tenham sido treinados desde muito cedo para serem inimigos do povo. A localização de outros países e cidades no mapa indicava a necessidade de saber fugir e buscar asilo em outros lugares. Afinal, por qual outro motivo Tunísia e Toronto seriam tão brilhantes nesse jogo que, pelo menos nesta nação, é inútil? E, com essa suspeita, podemos pôr um ponto-final e nos concentrar no ângulo apropriado, o ângulo formado pelos tios, pela dupla, pelo eixo do mal, que, no fim das contas, decerto foram os inventores do jogo de geografia e de atrocidades maiores.

É preciso montar uma linha do tempo para imaginarmos, cuidadosamente, as ações dos tios nos dias que antecederam os fatos que hoje nos dizem respeito.

O tio gostava de comer cascas de ovos, uma excelente fonte de cálcio natural, e a tia adorava costurar. Ambos tinham rostos muito parecidos, como se, ao longo dos anos, alguma essência física tivesse sido transmitida corpo a corpo, até que se tornaram quase gêmeos, irmãos. A tia, por exemplo, não era tão parecida com papai, ou melhor, não se parecia em nada com o homem das medalhas, com quem compartilhava biologicamente os genes e de quem se poderia dizer que era seu sangue e sua carne, família de raça pura.

Existem, é claro, fotos da tia e do papai quando crianças. Ambos, na praia, de joelhos, olham para a lente da câmera com a surpresa de quem só quer brincar com a areia, e não parar para cumprir o capricho dos adultos, aquele capricho de deixar tudo registrado em foto; ironia poética, admitimos, já que papai herdou esse mesmo costume, o de fotografar cada passo da vida de sua família.

Também devemos confessar que, quando papai descobriu que os fatos culpavam os tios e que o General Bigode o havia chamado ao seu gabinete — isto é, para a mesa de arrependimento —, ele queimou quase todas as fotos de sua infância em uma tentativa vã, ao se refletir profundamente, de se livrar daquelas lembranças nas quais a irmã estava presente. Não ajudou muito, porque ao General Bigode não importavam as fotos queimadas, mas saber que um de seus homens de confiança era da família — não, sejamos mais precisos, irmão biológico — de um dos inimigos do povo, e não um inimigo comum, mas um da pior espécie. Papai era irmão de uma bombista, de uma antidemocrática, de uma cega por vontade própria que tentou assassinar o General, o que, para dizer a mesma coisa desta maneira, é igual a tentar assassinar o país.

E aqui a linha do tempo é útil para entender os eventos.

Os tios fabricaram a bomba. Antes, mandaram Tunísia e Toronto para a casa dos avós paternos, despediram-se com uma expressão de culpa, bem, a sorte já estava lançada, *alea jacta est*, se o General morresse, os pais de Tunísia e Toronto retornariam como heróis, mas, se o General sobrevivesse, *alea jacta est*, então Tunísia e Toronto seriam filhos de apátridas, de inimigos do povo, crianças marcadas por jorros de sangue.

A bomba era caseira, mas muito eficaz.

Ainda não se sabe quem eram os contatos dos tios, pessoas poderosas, sem dúvida, o que explica plenamente por que o pescoço do papai ainda está na praça pública da dúvida. Para chegar ao General, é preciso estar perto do General, e papai poderia ser um bom objetivo, um bom contato, embora as evidências até agora demonstrem o contrário. Ou seja, embora papai pareça bem inocente e os tios tivessem outras relações, más relações, antidemocráticas, papai ainda está sob a lupa.

Os contatos dos tios transportaram a bomba.

Os tios se limitaram a ser os criadores da bomba.

O General Bigode não é idiota. Idiota é quem pensa que o General o é.

A bomba nunca explodiu. Foi interceptada antes pela inteligência militar.

Surpresa e horror, uma bomba caseira, cujo objetivo era ser depositada na tribuna onde o General Bigode improvisaria um de seus famosos discursos.

Bomba desativada.

Problema quase resolvido.

Ah, não, espere...

Há quem diga por aí que o tio estava na plateia, entre os ouvintes do discurso, e carregava uma pistola.

Há quem diga que o tio queria saber se o coração do General também tinha bigode.

Não se fala muito sobre a tia. Naquele momento, estava tricotando um cachecol que jamais seria usado, pelo menos não neste país, mais uma prova de que os planos dos tios incluíam fugir para um lugar onde o inverno não fosse uma utopia, por exemplo.

O tio foi preso com a pistola na mão. A tia foi presa ao dar o último ponto do cachecol.

Trinta anos de prisão, sentença que se resume de maneira simples nesta linha de texto, mas que na realidade é a média de vida de um ser humano na Idade Média, alguns anos a mais ou alguns anos a menos.

Nada se soube de Tunísia e Toronto. Falta não nos fazem. Eles moram com os avós paternos e lá estão cabisbaixos e infelizes. São filhos de dois projetos de assassinos, e por isso a infância definitivamente normal deste país os rejeitou, uma decisão lógica, no recreio não há lugar para os filhos de dois cegos por vontade própria que, depois de tanto procurar as manchas, as encontraram.

Alea jacta est.

Como esta não é a história de Tunísia e Toronto, já não se pensará de novo neles nem nos tios, mas no destino de papai.

O destino de papai é preocupante.

Não se trata de paranoia.

O General Bigode não gosta de potenciais traidores, e papai ganhou na loteria, a pior loteria de todas: aquela da associação e da dúvida.

Aos olhos de todos, papai não é mais um homem de confiança.

Estes não são tempos para drama. Dá para sentir o cheiro. A casa é um caldeirão de nervos porque Cacassandra não aparece. Mamãe sorri, dissimulada. É preciso que ninguém perceba seu alívio. Agora que a filha não está, é mais fácil esconder seu ódio pelos outros dois filhos restantes, aquela Calia que desenha, indiferente, enquanto papai uiva e gagueja o nome da menina perdida, papai idiota que sonha com conspirações nas quais a família se afoga em um poço escuro, quem sabe se agora Cacassandra a pura, Cacassandra virgem adolescente se tornou mais uma vítima do país que está desmoronando. É evidente que aqui não estamos falando do país como lugar físico ou como fornalha da política, ou talvez sim, só que de maneira simbólica; aqui se fala do país que foi destruído dentro do coração do papai. Não há como retroceder, porque agora se veem as costuras do que antes estava justificado, não é a mesma coisa saber que os filhos de outras pessoas podem estar em perigo ou são um objetivo político, aquelas pessoas, elas buscaram isso, por serem inimigas do povo. Se papai tivesse forças para fechar a boca e engolir essas ideias, ele faria, mas não tem tempo, como terá tempo se Cacassandra não aparece?

Mamãe continua a sorrir, dissimulada, e papai olha para ela, incomodado, por que a mulher sorri se o perigo é sentido, farejado, a casa é um fervor de temores, e acrescentemos como ponto-final que até Caleb parece indiferente.

Papai sente uma pontada de mau pressentimento, há algo que não sabe, há algo que os outros escondem dele, um drama doméstico cujas cortinas estiveram fechadas para ele até então. Ninguém pensa em Cacassandra, ninguém pensa em papai, que correu até a gaveta onde esconde as medalhas. Ele as guardara lá em um gesto de prudência política, é melhor não usá-las no peito, lugar de costume, no uniforme de todos os dias que, mesmo depois de ter caído em desgraça, continua usando, porque um soldado sempre cumpre seu dever ou pelo menos se veste com os trajes perdidos desse dever. As medalhas repousam em uma gaveta e exibem sua tendência a se encher de ferrugem, o que obriga papai a uma constante vigilância. Cuidado com as medalhas, que não enferrujem, ar fresco para as medalhas, algum dia elas voltarão a estar no lugar que merecem, no peito de papai, quando o General Bigode entenderá que tudo foi um mal-entendido, que papai foi o prejudicado, que o herói espera que sua honra seja recomposta. Por enquanto, as medalhas têm seu lugar, e papai as ventila diariamente, limpa-as, criou uma rotina que luta contra o mau hábito de esperar o tempo passar.

Mas hoje é um dia especial, um dia que poderia ser trágico, apesar do sorriso de mamãe indicar qualquer coisa, menos isso. Onde está Cacassandra, indaga papai, e todos encolhem os ombros. Dá para sentir o cheiro, sim, o segredo ferve em uma panela atroz, e papai se sente idiota, afastado de todos por uma vala, é um desconhecido dentro do próprio lar. Não é tempo de pensar essas coisas. Não há tempo para lamentos. Papai abre a gaveta e escolhe as medalhas mais ilustres, prende-as ao uniforme, organiza as medalhas no peito, a rapidez e a angústia o fazem gaguejar, mas não perder o decoro de um herói, por isso se demora o tempo necessário em frente ao espelho.

O rosto de mamãe o contempla. O rosto de mamãe surge sobre uma das mangas do uniforme:

— Por que está angustiado? Não aconteceu nada. É uma garota.

Papai estala a língua. Esse tom superficial na voz da mulher o incomoda. Esse tom diz que não aconteceu nada, exceto um segredo de polichinelo. Papai não precisa saber do que se trata, papai é um estranho dentro das paredes da própria casa:

— Onde está Cacassandra?

Sua voz exprime o risco, o medo em relação à filha, e por isso mamãe para de sorrir. O homem das medalhas há muito se tornou um visitante, um habitante ocasional na dinâmica da família. Sabe pouco sobre Cassandra, menos ainda sobre Caleb e nada sobre Calia. Que ele não se sinta culpado pela última: é impossível descobrir o que Calia tem dentro da cabeça, se borboletas ou elefantes, se morte ou vida.

O coração da mãe não é tão duro. Certo, compaixão ela sente. Ainda. Não dos filhos. Eles fazem parte de outra cartilha na distribuição de seus sentimentos e estados de espírito. Mas, ainda assim, responde com misericórdia quando olha para o homem das medalhas, perdido e afogado em culpa:

— Ela está bem. É uma garota — repete, e na voz da mulher se escuta um tom sarcástico, como de zombaria ou vingança, papai não sabe definir. — Os garotos precisam de liberdade para suas coisas.

— Que coisas?

Ele é um homem paciente. Sem dúvida. Não pode quebrar um esquema que ele mesmo impôs como norma, mas às vezes torna-se difícil, torna-se quase impossível não responder com um grito, não impor disciplina militar neste quartel doméstico que possui tantos ativos ruins: a mãe despreocupada, a filha rebelde, o filho indiferente e Calia, que não tem qualquer outro qualificador que não seja o próprio nome. De garotos, espera-se imprudência, é claro. Mamãe tem um pouco de razão quando fala da juventude, tão irrefletida que não vê perigo onde há minas terrestres. Papai sente raiva de mamãe, daquela que cuida dos filhos. Quão difícil pode ser a tarefa de educá-los, os filhos são assim porque a mãe não entende ou não sente o cheiro do risco. Há apenas uma semana tiraram a vigilância da casa. Há apenas alguns meses os tios se tornaram inimigos do povo. Qualquer passo em falso poderia levar todos a uma desgraça maior. Bem que o papai explicou. Bem que explicou a necessidade de que a família permanecesse dentro de casa, um verão perdido nada poderia significar na contagem dos anos, e, naquele momento, todos disseram que sim, que tanto fazia passar o tempo dentro da casa fechada, dentro da casa cercada pelos olhos do General Bigode.

— Olha, não perca seu tempo — suspira mamãe. Senta-se na beira da cama e penteia o cabelo com as mãos. — Cassandra vai voltar. Está...

— Está o quê? — Papai esqueceu de gaguejar, e as medalhas estão todas em perfeita ordem no uniforme.

— Apaixonada — disse mamãe. E em seguida acrescenta: — É uma garota. A juventude é uma droga, não é verdade?

A voz da mulher não mente. Tem um sorriso estranho nos lábios.

— Qual é a sua idade, Cassandra?

— Sério?

— Eu perguntei qual é a sua idade. Isso faz parte do protocolo.

— É um protocolo bem imbecil.

— Por que diz isso?

— Porque você sabe que tenho dezesseis anos.

— Muito bem, estamos avançando. Vê como é fácil? Dezesseis anos.

— Tanto faz. Que coisa idiota. Blá-blá-blá.

— O que você acha idiota?

— Eu já disse.

— O fato de eu perguntar sua idade? Por quê?

— Porque você me pariu, né?

— Bom, faz parte do protocolo, e devemos cumpri-lo.

— Um protocolo bem imbecil.

— Já manifestou seu ponto de vista.

— Você não é minha terapeuta. É minha mãe.

— Então, por que nunca me chama de mamãe fora da consulta?

— ... não sei. Porque não quero. Acho.

— Ou talvez porque não me ame.

— Pode ser. Sim. Também isso.

— Deseja falar sobre a relação com sua mãe?

— Você está louca das ideias.

— Por que pensa assim? Soa impessoal lhe falar de sua mãe na terceira pessoa?

— Louca total.

— A violência verbal não fará com que se sinta melhor com sua condição.

— Blá, blá e blá. Não me sinto mal.

— Podemos conversar sobre *isso*.

— Sobre o quê?

— ... suas atrações.

— Você pode ser mais específica, se esforce.

— A que se refere?

— É muito impessoal dizer "suas atrações", ok?

— Como prefere que eu o faça?

— Não sei. Improvise.

— Esse é um ponto a trabalhar na terapia mais adiante.

— Uma terapia bem imbecil.

— Agradeço sua honestidade. Agradeço que manifeste com liberdade seu ponto de vista em relação a qualquer assunto. Faz parte da maturidade.

— Sim, claro. Blá-blá-blá.

— O que conversamos sobre ironia, Cassandra?

— A ironia não é uma ferramenta adequada ao diálogo. Mesmo assim, isso me parece imbecil. A ironia é o tempero fundamental de qualquer conversa entre dois seres pensantes.

— É excelente termos pontos de vista divergentes, não lhe parece?

— Me parece que não lhe interessaria saber meu ponto de vista sobre você.

— Não estamos falando de mim nesta sessão, Cassandra.

— Ok. É você quem perde. Isso a ajudaria muito.

— Então, suas atrações...

— Você de novo com "suas atrações"!

— É uma generalização que permitirá a ambas conduzir este diálogo em direção a seu interesse erótico pelos objetos... Responda a esta pergunta: seres humanos não a atraem?

— Não.

— Por quê?

— De novo, um blá-blá-blá idiota.

— Por quê?

— Os seres humanos não têm cheiro de ferrugem.

— É um bom ponto. Refere-se à sua... aproximação?

— A palavra é "relação".

— Uma relação indica um vínculo entre duas pessoas, Cassandra. Algo inanimado não pode lhe oferecer nenhum tipo de vínculo.

— Isso é o que você diz. Quem vai saber? Nunca vi algo mais inanimado que o papai. Mesmo assim, você dormiu com ele, né?; olhe para nós: Cacassandra, Cacaleb e Cacalia.

— Não estamos aqui para falar de minha relação com seu pai, mas da sua relação com os objetos.

— Bom, ao menos você disse relação. Tenho curiosidade: papai é bom de cama? Não parece ser. Sempre me perguntei isso.

— Não estamos aqui para falar de seu pai e das habilidades amorosas dele.

— Ok, todo o blá-blá-blá que quiser. Alguma vez você teve um orgasmo? Ao menos um? Ele te fazia ter ou você precisava trabalhar sozinha se quisesse sentir algo? Papai tem cara de qualquer coisa, menos de...

— Não estamos aqui para falar da minha vida. Ponto.

— Então a resposta é não. Não fazia nada por você. Devia ser bem chato. Não sei como nós três viemos ao mundo. Está vendo? E você chama isso de "relação".

— Seus mecanismos para evitar conflitos são bastante interessantes, Cassandra.

— Sim, já sei, blá-blá-blá, conflito, blá-blá-blá, mecanismo, blá-blá-blá, Cassandra.

— Desde quando se sente atraída por...?

— Pelo quê?

— Não torne tudo mais difícil.

— Você é a terapeuta.

— O que conversamos sobre ironia?

— Que é um tempero.

— Façamos um teste rápido.

— Ai, não, por favor, aquele teste do borrão de tinta outra vez? Não sou uma aberração.

— Por que diz isso?

— Pela maneira como me olha. Com que direito me olha assim? Pare com isso, ok? Se eu sou uma aberração, que porra você é?

— Gostaria de saber por que sente que estou te julgando.

— É o que melhor você sabe fazer.

— Não é verdade, Cassandra. Estou aqui para ajudá-la. Você não pode levar este diálogo com base em generalizações e estados de espírito.

— Está aqui porque me odeia. E porque tenta me amar. Mas não está se saindo bem, não é mesmo? Fique tranquila. Não me importa. Nem mesmo ao Caleb. E quanto a Calia não posso lhe dizer, mas acho que para ela interessa mais a bunda dos macacos que um beijo seu. Como se sente ao saber que uma de suas filhas considera a bunda dos macacos mais importante que a própria mãe?

— Cala a boca.

— Façamos um teste rápido. Responda a esta pergunta: em que ano teve um orgasmo pela última vez?

— Não vou permitir que assuma o controle, Cassandra.

— Você tem um marido que prefere medalhas a dormir com você. O fato de nós três estarmos neste mundo é um milagre. Quer falar sobre isso? Gostaria de saber se no dia em que nos fizeram você teve que se fantasiar de Vovô Bigode.

— Você é uma garotinha malcriada. A sessão terminou.

— O Vovô Bigode adoraria saber.

— Já disse: a sessão terminou.

— Bom, como quiser, quem perde é você, mamãe. Acho que falar sobre esses assuntos poderia te ajudar muito. Logo se vê que lhe faz falta.

— Já disse: a sessão terminou.

— Ok. Estarei aqui se precisar de mim. Devo pedir ao Caleb para entrar?

— É a hora em que começamos a morrer — disse a tia, e todos na casa aplaudiram.

Sua voz era uma rachadura, e as palavras não fluíam de sua boca de maneira natural. Pareciam travadas entre cada dente, mas mesmo assim mamãe-menina lembrou-se do efeito daquelas sílabas, do milagre que aquelas palavras significavam, porque a mulher sem voz a havia encontrado de repente e, bônus adicional, deus falava através dela. Mamãe-menina achava que deus tinha um tom agudo e despojado demais, um tom de gato sarnento, que voz feia para um deus tão grande, e que estranhas as palavras escolhidas para serem as primeiras da tia, que não é mais muda, mas intérprete das alturas, daquele lugar remoto onde vivia o divino.

— É a hora em que começamos a morrer.

Mamãe-menina também não esqueceu as borboletas e suas asas coloridas. A partir daquele momento preciso, as borboletas tornaram-se aliadas do desaparecimento, da extinção em massa da família. Ela até lembrou que sua tia, a porta-voz das palavras de deus, se aproximou dela e acariciou sua testa:

— Você, não — dissera com seu tom de gato sarnento, de gato sem casa, cheio de machucados e arranhões.

Nos olhos da tia ardia uma luz de outro mundo, e mamãe-menina sentia medo de tudo, não só da presença daquela mulher, mas do ar que respirava, o ar que se cobria de presságios, do advento da morte. Naquele exato momento ela teve certeza de que a voz da tia a havia marcado para sempre, ela a havia tornado diferente. Por que ou para quê, não sabia, só saberia muito mais tarde, até que Calia nascesse e mamãe descobrisse nela os olhos da tia, sim, os olhos da tia muda que desaparecera havia muito tempo.

Calia nasceu no outono, ou seja, naquela época do ano em que o calendário estipulava que chegaria algum tipo de frio, algum alívio do calor sempre presente, um augúrio que todos esperavam que se concretizasse de repente, promessa que se renovava ao final de cada ciclo de trezentos e sessenta e cinco dias, trezentos e sessenta e seis se o ano fosse bissexto. Calia nasceu na onda do calor mais atroz, aquele que parecia contradizer o calendário.

Verão era, é e sempre será neste país de merda, disse mamãe a si mesma enquanto empurrava muito e suava muito, a placenta saía com o suor, e não entre as pernas, e parecia que lhe escorria sangue da testa. Verão era, é e sempre será neste país nojento, disse mamãe a si mesma e apertou as pernas, apertou a mente, e nesse exato momento Calia veio ao mundo, o dia em que o calor marcava a temperatura mais alta de todo o ano.

Aquele parecia um augúrio infernal e talvez o fosse, é necessário não falar sobre certos assuntos que não podem ser comprovados. O que se pode confirmar é que, quando mamãe segurou Calia nos braços, a menina abriu os olhos. Isso não era estranho, há crianças precoces, crianças alertas, mas algo mais pesava naquele olhar, algo diferente, talvez uma lembrança. Mamãe soube imediatamente e não precisou mover demais os eixos de sua memória nem lubrificá-los em excesso: os olhos da recém-nascida Calia eram iguais aos da tia, o mesmo brilho morto, a mesma certeza de que viera ao mundo para ser a porta-voz de deus, para anunciar que é hora de morrer, que não haverá calor que impeça que a vontade do divino seja cumprida. Quando Calia chorou pela primeira vez, mamãe reconheceu o miado do gato, aquele gato sarnento que era deus, decerto não eram palavras, decerto era só o gemido que pedia leite e seio, o gemido que exigia abrigo, mas mamãe deitou a menina ao pé da cama e se sentiu sozinha, tremendamente sozinha e incompreendida pelo mundo.

— Você, não — lhe dissera a tia, muitos anos antes, quando mamãe era só uma menina. — Você depois.

Mamãe se lembrou dessas palavras.

Aquele depois havia chegado, e Calia estava lá para lhe recordar que algum dia, muito em breve, a hora chegaria.

Deus miou mais uma vez no choro de Calia, e então a menina ficou em silêncio.

Corro as oito quadras que me separam da minha amada. Alguns rostos se voltam para mim. Alguns acham que me reconhecem. Os vizinhos apontam. Eles sabem quem eu sou. Isto é, quem *é* papai, ou melhor, quem *era* papai. É como se minha identidade e meu nome fossem um letreiro que se arrasta sobre minha cabeça, pareço um personagem de quadrinhos com um balão de fala flutuando ao meu lado. O balão de texto serve de sinal, é a indicação de que faço parte de uma família marcada pela história de papai.

O sol brilha, tão maçante, e as oito quadras são infinitas, então corro mais rápido, fico com falta de ar e me arrependo, assim como me arrependo de não ter frequentado as aulas de aeróbica, de não ter treinado no pátio da escola, agora eu conseguiria respirar sem ter de parar antes de chegar à minha amada. Paro, e, de certa forma, é meio divertido ver a maneira como os vizinhos disfarçadamente se afastam de mim. Olá, compatriotas, eu sou a peste bubônica, a peste negra, eu até cumprimento um casal, e todos baixam a cabeça, sou a filha do meu pai, e o país finge não me reconhecer.

Se ao menos os vizinhos tivessem a decência de não me olhar, se imediatamente baixassem a cabeça, então minha crítica seria mais construtiva, ok?, e a humanidade seguiria sendo covarde, sabe-se bem, mas ao menos não um monte de merda.

Trato de acelerar o passo e, para ser irritante, para que eles continuem se dando conta de quem sou, cumprimento todos os que cruzam comigo. Não apenas levanto a mão ou faço um gesto de reconhecimento, um oi normal, mas corro em direção a eles com os braços abertos, como se fossem meus parentes que há muito tempo não via, e sou ainda mais criativa, grito nos vemos à tarde, que bom momento tivemos ontem, volte em breve para nos visitar, sentimos muito sua falta ou você é meu melhor amigo. Como se pode ver, esses são textos infantis que mostram uma vingança infantil e causam pânico, um pânico generalizado, olhos que se abrem até parecerem sair das órbitas, pessoas correndo, se afastando, olhando por cima dos ombros, vai que o Vovô Bigode em pessoa esteja na rua anotando nomes, endereços e afinidades de acordo com a manifestação de minhas afeições públicas.

Sim, sim, eu sei, o medo é a forma mais refinada da solidão, e não quero ficar filosófica, ok?, porque o que me fez fugir de casa, ou seja, da jaula que papai construiu para nós, é precisamente um ato sublime e vulgar; que se entenda melhor: é o desejo de encontrar minha amada, de me sentar nela e relembrar as ondulações enferrujadas de sua arquitetura, e de ela relembrar a protuberância da minha anatomia.

Na última quadra, não corro mais. Prefiro me ajeitar um pouco. Já a vejo ao longe e fico molhada. Ali está ela, e fico molhada. Sinto o cheiro dela, e a vibração dispara pelo ar, sei que ela me reconheceu, que estava impaciente para me ver, e isso é ainda mais emocionante. Aproximo-me dela, acaricio-a, e, sim, o seu tremor está debaixo da minha mão, ela me deseja, precisa de mim, este é o momento exato de levantar meu vestido, felizmente é um vestido, e não outra coisa, porque isso dificultaria a aproximação, abaixo a calcinha, trepo em um pedaço da estrutura, e minha amada ronrona. É assim que ela me quer, aqui, sobre ela, em movimento, ferrugem na carne, e não importa mais que os olhos nos encarem, se é que encaram, ok?, não importa nada, nem mesmo quando alguns minutos depois a mão de papai me agarra pelo ombro e me arranca da estrutura e do prazer.

Adeus, meu amor, adeus, volto a ser Julieta no confinamento, e meu pai evidentemente sabe que seu personagem é o da ama. A mão de papai é dura, luto contra a mão, quero me libertar, ferrugem na carne, adeus, meu amor, adeus, meu amor, grito, e papai levanta a mão, agora é o momento do soco, o soco que ele nunca se atreveu a me dar, agora ele vem, mas papai só pega minha calcinha, ajeita meu vestido, papai não chora, homem não chora, mas ele me arrasta pelo braço, me esconde de todos os olhos.

Ele pensa que é uma maneira particular de me proteger.

O medo dos olhos alheios é a forma mais refinada da solidão.

Caleb sentou-se no muro do portão. Aquela era a última fronteira que pertencia a ele desde que papai havia proibido o verão e qualquer tipo de contato com o mundo exterior. Agora, o universo se dividia em duas partes: em uma, reinava a paranoia, era o recinto interno de papai, a casa que todos se viam obrigados a compartilhar e que jamais pareceu tão estreita e claustrofóbica quanto agora; na outra, governava o perigo. Nem sempre o perigo tinha uma face obscura, nem sempre era evidente. Às vezes, o perigo só existia nas palavras de papai, que a cada dia se esmerava em encontrar algum dispositivo de rastreamento, um telefone grampeado, alguma câmera escondida nos milhares de cantos da casa. Caleb bocejou e, por um segundo, se lembrou das lentes grossas de Tunísia, de seu nariz sardento. O tédio daquele verão de confinamento era pior que o calor infinito do país.

— Cacaleb, entre e feche as janelas! — gritou papai ao sair pela porta em busca de Cassandra. Em seguida sussurrou, com a voz a ponto de desaparecer: — Não se a... não se a... aproxime das formigas, Cacaleb! Elas vêm por sua... por sua causa!

E era verdade. Uma pequena fila de formigas começava a subir pelos degraus da escada, em busca das pernas daquele jovem mensageiro da morte.

— Fi... fique com Cacalia! Não abra a porta! É uma ordem! Dentro, dentro de casa! Não deixe que vejam você!

Os olhos de papai, exagerados, contrastavam com sua voz calma, a do militar que conhecia cenários de desastres e esperava que as tropas ficassem juntas, não importando como ou por quê. Caleb encolheu as pernas. Afastou-se das formigas. Obedeceu.

Tomara que Cassandra tenha ido embora para sempre.

Silenciosamente, Caleb desejou que os piores medos de papai se tornassem realidade. Toda aquela paranoia que se acumulara atrás das paredes da casa talvez tivesse um objetivo, um alvo preciso, e quem sabe se as flechas do papai acertavam o alvo.

Tomara que Cassandra tenha desparecido de uma vez por todas.

Caleb mordeu os lábios e recolheu um pardal morto. É possível que tenha caído morto no jardim. Todos sabiam que o coração dos pardais era sensível e que o calor do verão não os ajudava a sobreviver. Mas talvez não. Quem sabe o pardal roçara na cabeça do menino, talvez fosse mais um daqueles pássaros suicidas que vinham de todos os lugares procurando por Caleb, pelo alívio da morte, e mergulhado a pique como um camicase a fim de cumprir algum propósito divino que Caleb não conhecia. Agora isso não tinha importância, porque o pardal estava avariado, e sua pouca utilidade era integrar a coleção do jovem anjo da morte, sua coleção de naturezas-mortas.

Havia começado a coletar animais mortos um ano antes, graças aos conselhos terapêuticos de mamãe. Aquela mulher contraía os lábios toda vez que falava com o filho na consulta improvisada em um dos cômodos da casa:

— Terá de fazer algo com os cadáveres — dissera. — Eu me refiro aos animais grandes e médios, Caleb. Esqueça os insetos. Quem vai notar um inseto morto, algo tão pequeno? Eles logo desaparecem. No entanto, seria um desperdício impedir que os outros bichos tenham utilidade. Na natureza, tudo é útil. Na natureza, tudo é reciclagem.

Mamãe tinha razão, e, ainda que Caleb tenha demorado para pôr em prática seu conselho, ao cabo de uns meses havia encontrado seu verdadeiro propósito.

A arte.

Ou algo semelhante à arte.

Uma instalação feita de cadáveres de pássaros, esquilos, coelhos, um gato de rua, sapos, pequenas cobras, um monumento à incerteza da vida e ao avanço da decadência, cuja progressão dependia dos animais suicidas e da disposição de Caleb de agir como o anjo da misericórdia.

Arte escondida no porão.

O quebra-cabeça de Caleb.

Somente Cassandra tinha visto a instalação, uma vez e acidentalmente. A irmã mais velha procurava a antiga lente de uma câmera fotográfica, aquelas que papai costumava deixar ao lado das fotos do passado em baús empoeirados, que encontravam sua única disposição no equilíbrio da casa dentro da umidade do porão. Em vez da lente, Cassandra havia descoberto o quebra-cabeça de corpos em decomposição e ossos antigos.

A irmã mais velha tinha sangue-frio. Sangue de frango mutante. Foi ao quarto de Caleb e entrou sem bater:

— Você é um porco, ok? Um assassino de coelhos.

Caleb levantou os olhos, espremeu uma espinha especialmente inflamada na testa e respondeu:

— E você é uma pervertida.

Não foi necessário acrescentar mais nada. Cada irmão entendeu o que estava sendo dito sob a costura das palavras. Cassandra olhou para ele com ódio:

— Você nunca terá uma namorada. Vai morrer virgem, ok? Assassinos de coelhos sempre morrem virgens. Não há uma garota sequer neste mundo que deixaria um assassino de coelhos meter nela.

Caleb encolheu os ombros.

— Se você continuar matando coelhos, eu... — Cassandra improvisou uma ameaça que ficou pendurada na saída da boca.

— Você o quê? Vai contar para a mamãe? Para o papai? Para Calia? — O irmão mais novo quase se engasgou de tanto rir.

Aquela era uma ameaça absurda. Foi mamãe quem teve a ideia de transformar a morte em arte, papai só se importava com medalhas, e Calia vivia no mundo de pincéis e carvão, em um mundo onde só existiam bundas de macaco anatomicamente corretas.

— Vou contar para a Tunísia.

O nome da prima ecoou no cérebro de Caleb. Era isso: o peso daquele nome parecia um aneurisma, algo muito carregado e frágil que a qualquer momento poderia estourar no centro da cabeça. Pior foi a pontada no coração. Tunísia, quinze anos e óculos grandes demais. Caleb sentiu náuseas. O nervosismo quase o fez gaguejar. Talvez fosse uma herança genética:

— Nã-não... você não se atreveria.

Cassandra sorriu com malícia:

— Fode-primas — disse. — Mata-coelhos.

Embora tal evento tenha acontecido logo no início daquele ano de infortúnio familiar, Caleb não conseguia esquecer a ameaça de Cassandra.

Odiar a irmã mais velha podia ser uma ideia redundante, mas era exatamente o que Caleb sentia em relação àquela garota à qual estava unido por lascas de pele de uma sequência de DNA microscópica. Por isso teve de conter o riso ao vê-la chegar, tropeçando pela rua. Papai a puxava pelo braço, e nenhum dos dois disse uma palavra. Foi uma cena pitoresca, ao menos para Caleb, para a testemunha que se apoiou no muro do portão e olhou para a pintura da irmã destronada. As medalhas de papai balançavam sobre o peito. Soavam como latão. Caleb recolheu sorrateiramente o pardal morto e o escondeu a duras penas em um dos bolsos da calça jeans.

— Cacassandra, suba para o seu quarto — disse papai na entrada da casa.

— O que aconteceu? — perguntou Caleb, fazendo um esforço grandioso para não rir.

Papai deu de ombros:

— Nada, Caleb. Entre você também. Feche a porta! Eu não tinha dito isso antes? Por que nini... ninguém obedece às minhas o... o... ordens?

Caleb, em silêncio, cruzou a porta.

— Mata-pardais — sussurrou Cassandra quando o irmão mais novo esbarrou nela no corredor.

— Fode-pontes — respondeu Caleb.

A tia, outrora muda, agora falante, não foi quem escolheu a maneira exata de morrer, a mais eficiente de acordo com a dinâmica da família. Durante dias, sua voz rouca de gato sarnento deu as instruções exatas e todos a ouviram, imersos em um êxtase de adoração que mamãe-menina observava de longe e às escondidas. Vários métodos e seus graus de dificuldade foram avaliados. Alguém propôs que cortar os pulsos poderia fazer deus feliz, pois isso era uma lembrança dos velhos tempos, aqueles tempos magníficos em que deus era agraciado com mirra, ouro e sacrifícios de pombos, mas a tia mostrou um sorriso insatisfeito, ressaltando que esse método era não totalmente eficiente de acordo com os regulamentos divinos. Depois, continuou desenhando borboletas, sem dar novas instruções. Foi a avó quem decidiu por todos, quem escolheu o veneno como solução intermediária e higiênica, solução que deus entenderia e não os faria sofrer sob a lâmina de um assassino de família improvisado:

— Deus compreenderá — disse a anciã, e contemplou a filha desenhista, que continuava criando borboletas inverossímeis, cada vez mais coloridas e gigantescas. Para ter certeza, já que os desejos de deus eram inescrutáveis para todos, exceto para a mulher outrora muda e agora falante, a avó olhou para a filha e perguntou: — Não é, meu amor?

E a menina afirmou com um sorriso que a família interpretou como perfeito. Por meio desse sorriso, deus se comunicava com a humanidade adoradora, com a humanidade prostrada, com as últimas testemunhas que estavam precisamente ali, ajoelhadas diante das borboletas do desenho, para comungar e adorar deus por séculos e séculos, isto é, pelos dias de vida restantes a todos.

O veneno temperou a comida como um ingrediente a mais. De fato, a família se permitiu um ato de displicência, um ato para despedir-se do mundo real da melhor maneira possível: cozinharam carne e peixe e os temperaram com porções enormes de veneno de rato. O cardápio abrangia vários doces tradicionais, flãs, arroz-doce, bolos de queijo e também sucos de frutas, mamão, melão, graviola, panelas grandes de arroz e tamales. Eles morreriam prodigamente, iriam para o paraíso alegremente, como borboletas gordas demais para voar alto e que, ainda assim, graças às mãos de deus, fugiam do desgosto terreno para a dimensão maravilhosa. O suicídio da família foi preparado com alegria, e mamãe-menina participou do deleite: uma refeição à parte foi preparada para ela, sem veneno. As ordens da tia e de deus eram precisas: a menina deve viver porque trará a semente divina de volta ao mundo.

O banquete foi um sucesso. A família se reuniu para comemorar a morte. Tocaram música no volume máximo. Dançaram até cansar e jogaram dominó, ou algum outro jogo de tabuleiro que provocasse gritos de vitória. A tia era a anfitriã perfeita. Abraçava os convidados. Servia pratos e pratos. Oferecia sucos. Uma vez na vida, havia esquecido seus desenhos de borboleta.

Mamãe-menina foi obrigada a comer seu prato reservado, e a tia anfitriã foi carinhosa com ela, até lhe deu um beijo na bochecha, um beijo que parecia uma mordida. Um a um, os membros da família começaram a se sentir mal. Primeiro foram náuseas e dores de estômago, que podiam ser confundidas com um mal-estar como qualquer outro, só que aumentavam, se intensificavam. Foi então que a tia carregou mamãe-menina. Ela a levou em seus braços para um quarto vazio e disse:

— Espere aqui até não ouvir mais nada. — O tom sarnento de sua voz contrastava com o cheiro de sua boca, um cheiro de jasmim e polpa de fruta.

A tia beijou sua bochecha novamente, aquele beijo que era quase uma mordida:

— Adeus. Nós nos veremos novamente em breve — disse a tia antes de fechar a porta.

Lá fora começaram os primeiros prantos e gritos. Mamãe-menina ficou muito quieta, como a tia pedira, para que deus não se zangasse ao vê-la mexer-se, vê-la espirrar ou procurar ajuda. Lentamente, mamãe-menina empurrou a porta do quarto. Estava no quarto onde a tia dormia, no quarto forrado com centenas, milhares de desenhos de borboletas.

Quando finalmente se fez silêncio lá fora, quando o som das ânsias terminou e o vômito parou de fluir como o maná divino simbólico em forma de lixo, quando até os estertores da tia agora para sempre muda se apagaram, mamãe-menina sabia que poderia sair do quarto. Mas não o fez. Não podia fazê-lo.

Sobre ela, sobre as paredes, empoleiradas no chão, em todos os lugares que o olhar pudesse alcançar, estavam as borboletas, vivas, não mais anatomicamente perfeitas, mas criaturas do mundo real. Mamãe-menina tentou andar sem esmagá-las, mas o quarto estava tão lotado que uma dezena de borboletas foi reduzida a pó de asas sob seus passos.

Voavam desesperadamente. As borboletas não queriam morrer, mas mamãe-menina as odiava. Ela os odiava porque sabia que aqueles insetos estavam vivos e que, atrás da porta, naquele mundo adulto da morte, nada além de solidão a esperava. Foi por isso que esmagou as borboletas. Com gosto e sanha. Com um sorriso de assassina. E mamãe-menina foi feliz pela primeira vez. Esmagar borboletas era a maneira perfeita de alcançar a felicidade.

As pernas do Vovô Bigode são confortáveis. Cassandra não tem mais idade para bonecas, mas o Vovô Bigode retorna todas as semanas com um pacote cor-de-rosa para presenteá-la.

— Abra, abra! — diz ele a Cassandra, e a menina sorri, finge alegria, finge surpresa, finge que não aguenta mais de curiosidade, que não suporta ver a harmonia do pacote cor-de-rosa, então rasga o laço, rasga o embrulho, para, assim, fingir que abraça com adoração a nova boneca.

Cassandra não tem mais idade para sentar no colo do Vovô Bigode, mas ele insiste:

— Venha, venha... Diga-me uma coisa que o Vovô Bigode não sabe.

Cassandra constrói mundos de mentira, aventuras imaginárias, acontecimentos infantis que aquele homem acolhe com a alegria de um menino. Ele não parece notar que Cassandra cresceu, que só usa aquele vestido de babados para que o Vovô Bigode a encontre uma vez por semana e possa continuar vendo a garota que um dia, há muito tempo, foi. Cassandra sabe que a ignorância também é poder, então, enquanto o Vovô Bigode quiser imaginar que ela tem oito anos, Cassandra vai seguir o jogo.

— Você nunca me fala de seu papai, Cassandrinha. Ele é bom para você? — pergunta o Vovô Bigode, como se fosse ao acaso, sem dar importância às palavras, sem que uma mínima expressão turve seu rosto, mas Cassandra não é idiota, ela sente cheiro de perigo.

— Papai trabalha muito... — diz ela, e lá se vai seu melhor sorriso infantil, aquele que mostra covinhas nas bochechas, o sorriso que costuma fazer o Vovô Bigode se encolher de ternura. Mas hoje nada acontece.

Vovô Bigode tira um charuto de sua jaqueta militar e o acende.

Cassandra tosse. É o que uma garotinha deve fazer diante da fumaça de um adulto.

— Você já é grande o suficiente para suportar que o Vovô Bigode fume ao seu lado, não é, Cassandrinha? — E, naquele momento, quando diz isso, Cassandra percebe pela primeira vez a profundidade do olhar daquele homem que não usa medalhas porque não precisa delas: é ele quem as concede e quem as veta.

— Sim — decide não mentir para ele.

— Então vamos falar de seu papai.

— Ele é bom para mim.

— ... mas ele não te dá bonecas. Não deve ter muito tempo para assuntos assim, certo?

— Acredito que não.

— Então, a que assuntos seu papai dedica tempo?

— Não sei.

— Bem, talvez você não saiba, é verdade, mas você já é uma menina crescida, você vê e ouve tudo o que acontece nesta casa. Por exemplo, qual a sua opinião sobre seus tios?

— Meus tios?

— Tunísia e Toronto, que nomezinhos esses, hein? Que maneira de prejudicar duas crianças com uma escolha tão particular de nomes. Horríveis! Uns nomes muito atípicos para estes tempos e este país.

— Sim, é verdade. — Cassandra decide ser amigável, para que o Vovô Bigode não se irrite. — Caleb está apaixonado pela Tunísia.

— Sério?

— Aham.

— E seu pai e seus tios se dão bem? Eles conversam muito? Encontram-se?

— Sim... Acho que sim.

— São família, é lógico, certo? Por acaso falam de mim, Cassandrinha?

Cassandra sente a fumaça do charuto que o Vovô Bigode fuma entrar em seu cérebro. É espessa. Fumaça que parece neblina.

— Talvez. Não sei. Pode ser que sim.

— Vamos, não seja tímida. Você deve ter ouvido alguma coisa. As paredes têm ouvidos. Não sabia que todos os ouvidos nas paredes me contam coisas? — Por um segundo, Vovô Bigode sorri como antes, quase terno, mas sem mostrar excessiva familiaridade. — Seu pai é um homem importante. Sente orgulho dele?

— Acho que sim.

— Sim, claro que sente, Cassandrinha. O que seu papai diz sobre mim? O que ele comenta sobre o seu Vovô Bigode?

— Que você é alto.

— Ele não diria somente isso. Certamente diz mais. O que acontece é que você é uma garota inteligente... uma menininha inteligente. E menininhas inteligentes escutam muito mais do que contam. Você sabe que não é bom esconder coisas do Vovô Bigode, certo?

Sim, Cassandra sabia: um vovô pode se transformar em General.

— Ele tem medo — sussurra Cassandra, finalmente, e então acrescenta, caso não tenha sido suficientemente clara: — De você.

— Já sabemos de quem você herdou a inteligência, Cassandrinha. Papai faz bem, faz bem em ter medo do Vovô Bigode. Agora me diga, e o que seus tios dizem? O que dizem quando se encontram com papai?

— Não sei. Eles falam a sós. No portão. Lá fora. Ou em outros lugares.

— Quais lugares?

— Não sei. Por aí.

— O Vovô Bigode ficaria feliz se sua Cassandrinha lhe dissesse a verdade.

Sopro de fumaça. Bem no rosto de Cassandra. Tosse.

— Sempre achei o seguinte: um gago nunca erra quando fala. — O sorriso do Vovô Bigode parece uma máscara.

— Não acha isso também? A lentidão das palavras... o fato de repetir sílaba por sílaba... isso lhe dá muito tempo para pensar. Sempre me pareceu que um gago não é um homem confiável.

Sopro de fumaça. Tosse.

— Você está grande demais para bonecas, Cassandra. O tempo passa, sim. Da próxima vez, vou escolher melhor. Um vestido, não é isso que as garotas de hoje querem? Um vestido florido.

Sopro de fumaça.

— Tunísia e Toronto, que nomes detestáveis! Mas, agora que penso nisso, Cassandra também não é um nome comum. Nem Caleb, nem Calia. Quando o nome de um filho é escolhido, há também um sinal de caráter. Somos aquilo que nomeamos, Cassandrinha. Você sabe o que é um problema ideológico? Não é apenas um problema contra a moralidade do indivíduo, mas contra a moralidade do país. Por exemplo, um nome como Cassandra poderia mostrar que há certo desvio nas ideias. — O Vovô Bigode amassou a ponta do charuto na superfície de madeira de uma cadeira. — Concorda?

Cassandra assentiu silenciosamente. Não sabia fazer outra coisa.

— Está certo. Agora me fale de seu papai. Me conte sem medo. Conte ao Vovô Bigode. E, se você se comportar, Cassandrinha, eu te darei um vestido florido, um vestido bonito, de menina grande, ok?

O homem grita, e cada grito se esgueira por entre as pernas do elefante que bamboleia na página. Flutua em uma corrente que simula os pequenos pelos das trombas. Calia ouve o tilintar das medalhas, esses sons ínfimos que ninguém mais percebe, exceto ela. Existem outros sons assim. Por exemplo, o sangue na veia aorta pulsa de maneira estranha. É fácil identificar as pulsações na veia aorta do homem das medalhas, sem falar no crepitar da ferrugem na parte interna das coxas da menina de vestido florido. E por que ninguém ouve o som da unha contra a pele?, Calia se pergunta, o som do eczema que se dilata lá fora, longe da casa, os estalos e espasmos do mundo. Calia apoia a grafite sobre a folha branca para que estale e de repente encontra os olhos da mulher:

— Calia, olhe para mim.

Calia não obedece. São mais importantes a cor e o som da asa que começou a emergir do elefante entre uma pata e outra.

— Olhe para mim, estou dizendo. Vamos conversar.

Levantar os olhos não é difícil. Isso é o de menos. É necessário fixar o traço, a curva da asa do elefante, que agora está transmutada, se torna um casulo. Na mente da desenhista, um animal anatomicamente perfeito pode converter-se em uma aberração voadora.

— É você, certo? — pergunta a mulher de salto alto que Calia reconhece pelo nome particular de duas sílabas quase repetidas: ma... mãe...

Que importa o que ela quer?: pata e asa.

A pata que se transforma em asa.

A borboleta que é a cápsula onde dorme o elefante.

O elefante que é protoborboleta.

Calia ouve com atenção: na frente dela, a mulher é uma somatória de sons, de sons invisíveis que só Calia percebe. É difícil se concentrar no desenho quando o cabelo da mulher range o tempo todo. Adicione os rangidos e você se dará conta de que o cabelo de qualquer criatura não para de crescer, o processo não se detém nem mesmo com a morte, o cabelo é a única coisa viva que nos acompanha, a única coisa que prova a durabilidade do conceito de vida sobre o conceito de desaparecimento, não somos tão finitos quanto tentaram nos fazer acreditar, outras coisas também florescem em silêncio. Ou seja, na categoria de infrassons, as larvas das moscas crescem por toda parte, por exemplo, e as próprias moscas emitem estalidos quando cagam nas cortinas que protegem as janelas dos olhos inquietos dos transeuntes. Na verdade, neste exato momento, justamente quando o raciocínio de Calia tenta concentrar-se no desenho, uma mosca decidiu pousar e cagar em uma das medalhas que tilintam no peito do homem. O som da merda da mosca caindo sobre o latão, que erroneamente chamaram de liga de ouro, é a única coisa bonita, a única coisa tolerável que Calia consegue listar. Logo se ouve novamente a voz da mulher:

— Quero apenas que me diga a verdade. Diga se é você, se você está aí. Se deus vai começar a falar comigo de uma hora para outra.

O homem das medalhas grita, e cada grito se esgueira por entre a asa do elefante e a pata da borboleta. Essa aberração no desenho de Calia poderia ser uma das muitas formas que deus assume quando se recusa a dizer uma palavra e nos deixa sozinhos.

A mosca caga em uma nova medalha no peito do homem que grita. E em outra, e em uma terceira.

As moscas nunca param de cagar. Para Calia, as moscas são as borboletas que os moradores da casa merecem.

Para que esta história seja uma verdadeira tragédia de amor, digna de ser cantada pelo bardo elisabetano cuja identidade os mais experientes estudiosos da dramaturgia inglesa ainda discutem, para que minha história tenha detalhes verdadeiros de drama doméstico, foi necessário haver uma fuga e um pai castrador que saísse em minha busca. Não é ruim haver pai no drama doméstico porque todos os personagens são cinza, pontos pretos com manchas brancas, ou vice-versa, assim foi arranjado para oferecer maior credibilidade na situação dramática. É decepcionante. E irritante, porque papai nem sequer tem coragem de me converter em heroína trágica, pode-se ver em seu rosto que ele não sabe qual tipo de disciplina impor, nem como seus filhos foram educados. Agora ele percebe isso e, por dentro, lamenta que o peso do uniforme tenha sido maior que seu dever em casa. Dá pena e raiva. Pena porque, na realidade, ele quer muito ser um bom pai, e não sabe como, mal consegue segurar minha calcinha com a ponta dos dedos indicador e polegar, e tenta colocá-la entre minhas mãos, devolver aquele objeto pegajoso de suor e deus sabe de que tipo de substâncias íntimas. Ele se dá conta de tamanho feito e sente nojo da calcinha e nojo de ter tocado a privacidade genital de sua filha. Eu deveria ajudá-lo e tirá-la de sua mão. Eu deveria, mas não o farei, pois a raiva ocupa o lugar da misericórdia, ok?, e, embora eu tente ser a heroína desta história, isso não prevê nada, não me obriga à bondade nem à condescendência. Na verdade, eu poderia ser uma anti-heroína, um ponto preto com detalhes brancos, um personagem totalmente verossímil que não odeia seu pai, mas também não quer fornecer a ele nenhum tipo de amparo.

Enquanto tenta me devolver a calcinha, papai se movimenta de um lado para o outro. Ele se encurva. Parece tão velho. Velho e desgastado. Acho que é culpa do peso das medalhas, que rangem e tilintam, um concerto de objetos antigos. É alta a probabilidade de o peso das medalhas ser aquilo que o tem tornado um vestígio de homem.

Ah, sim. Isso se nota nas costuras. Na verdade, ele é um personagem bastante medíocre. Sempre quis ser um bom pai com o intuito de derrubar o mito, com o intuito de derrubar a ideia de que os militares não podem ter clemência com os filhos, não importa quão abomináveis ou repugnantes sejam os mencionados rebentos.

E, para que fique registrado, eu sou ambas as coisas.

Finalmente, papai decide pôr a calcinha em uma cadeira e o faz com tanto cuidado que parece um gesto artificial, ensaiado, coreografado, excessivo. Eu preferia que ele me desse um soco, e não que me olhasse com aqueles olhos de mosca:

— Cacassandra...

Casassandra. Outra vez. Meu nome precedido pelo prefixo merda.

— Cacassandra, você era a melhor da ninhada...

Há tanta decepção em sua voz que dá pena.

Ou quase.

Ele disse ninhada. Poderia ter escolhido qualquer outra palavra. Por exemplo: era a melhor dos meus filhos, minha favorita, a menina dos meus olhos, e, no entanto, escolheu *essa*, a palavra que me equipara à cachorrinha mais querida entre um grupo de filhotes defeituosos, e adiciona o prefixo merda a meu nome, para tornar tudo ainda pior, como sempre.

Ele me ofenderia menos se dissesse boa menina e em seguida me jogasse um osso, ok?

Não que eu seja uma purista da língua, mas, se pretendemos que esta seja uma tragédia ou um drama doméstico, papai escolheu a maneira mais abominável de comunicar suas ideias. E agora se soma à lista de seus erros o fato de levantar um dedo, o típico gesto autoritário que o fez tão famoso nos desfiles e nas fotografias com o Vovô Bigode.

— Cacassandra, que no... nojo! Que ver... vergonha!

— Eu a amo.

Ah, sim. Pode-se ver em seus olhos que seu estômago está embrulhado, e não me resta outro recurso senão assumir meu papel de heroína trágica com toda a dignidade que me é permitida. Uma declaração de amor não resolve nada, pelo menos não na mente de papai, que continua fazendo caretas de nojo, mas ao menos serve como uma plataforma dramática sólida a partir da qual o conflito pode evoluir. Para que fique registrado, isso não é muito simples, ok?, porque nesta obra não lidamos com os personagens elisabetanos de um gênio, mas com um rebanho familiar de pouca monta liderado pela voz do pai:

— Desde quando sabe disso? — ele pergunta e grita, ainda não consegui definir se é mais importante o uivo que sai de sua boca ou o tom inquisitorial.

Ele não espera que eu responda, e é então que percebo que o assunto foi lançado ao ar, aos observadores passivos do drama doméstico: mamãe e Caleb, que contemplam tudo sem mover um dedo, mas com cara de entendidos e satisfeitos. Por exemplo, mamãe tem no rosto seu melhor sorriso, o sorriso de uma mulher que não tem orgasmos, mas, sim, a vingança como prato frio que está prestes a comer devagar. Até Calia levanta a testa por um segundo, sai do modo desenho e concentra o olhar em um alvo específico: minha calcinha, que é fúcsia e brilha como um objeto de outro mundo sobre o mobiliário cinzento da sala.

— Ela tem mostrado certos desvios em sua conduta sexual já faz... — responde mamãe enquanto tenta se lembrar — um tempo.

— Quanto?

— Bastante — diz, enfim, com sua voz de pardalzinho tuberculoso, de mamãe preocupada, voz que não engana ninguém, que não tem nem um sinal de sutileza, e isso de alguma forma me diverte por toda a teatralidade contida.

Como meus joelhos doem um pouco, eu me sento bem em cima da calcinha fúcsia. Calia imediatamente perde todo o interesse por ela e volta a seus desenhos da fase elefante. Enquanto isso, papai anda, e anda tanto que parece marchar em um desfile. É anacrônico vê-lo assim, despido de seu uniforme, mas com as medalhas presas à camisa, e também um pouco ridículo, há protocolos que perdem o sentido quando não ocorrem em determinado espaço. Uma mosca inchada voa e pousa na testa dele. As moscas são curiosas. Cheiram conflito a distância.

Mamãe se desculpa sem grande interesse:

— Você nunca estava aqui. Achei que o problema dela seria resolvido antes.

Ah, sim. Eu sou o dilema. Cacassandra é o dilema, e mamãe joga suas cartas com elegância e um toque de veneno: sabe quando falar e quando calar. E agora está em silêncio, não dá um pio, já que transferiu o papel de inquisidor para o outro lado, para o canto do ringue chamado papai.

— Eu a amo — intervenho em voz quase inaudível. Apesar de tudo, minha voz é ouvida e provoca uma careta de indignação no rosto de papai: — Ela é minha namorada.

— Uma ponte é sua nanamorada, Cacassandra?

A pergunta do papai paira no ar, e Caleb ri.

Péssima ideia.

Os olhos de papai o fulminam:

— Há sangue ruim nesta casa. Sangue ruim!

Então ele grita incoerências. Caminha de um lado para o outro da sala. Passos rápidos. Medalhas tinindo.

Sua cabeça se movimenta de um lado para o outro como se fosse um enorme boneco de pelúcia e, de repente, descarrega em mamãe:

— Você não a viu! Estava lá, lá fofora, na frente de todos! Tem sangue ruim! Sangue podre! Se... to... tocava na ponte. Olha, olha isso!

Com os olhos, ele procura a calcinha fúcsia, que desapareceu momentaneamente sob o peso de minhas nádegas. Eu me acomodo melhor e deixo que ele a veja. Papai e seus dedos escrupulosos levantam minha roupa íntima, que balança de um lado para o outro como a bandeira de algum país de pervertidos sexuais:

— Sobre a ponte e sem nanada por baixo!

Acredito que seja a primeira vez na vida que papai fala de um tema que não é diretamente político nem se relaciona com sua ascensão na escala de poderes neste país. Embora meus genitais sejam, para mim, a coisa mais política do mundo, não aspiro a tanto, não aspiro a que papai compreenda isso. Ok? Não sou tão idiota.

— Eu a amo — intervenho toda vez que os gritos de papai começam a desaparecer. É preciso manter a chama viva.

— Veja! Veja o que sua filha disse! Ama uma pon... uma pon... uma ponte! E diz que essa cocoisa é fe... feminina — descarrega de novo em mamãe.

Se Calia pudesse desenhar a mente do pai, faria uma pintura abstrata. Uma linha aqui, atravessada por um triângulo, uma mancha no canto, muitos borrões. Não sei o que mais desgosta a papai: que eu deseje uma ponte ou que o objeto do meu amor tenha uma essência feminina. Não está decidido, mas minha calcinha fúcsia se tornou um símbolo que ondula de um lado a outro.

Ele finalmente se aproxima de mim.

Vamos, agora é quando o trabalho ganha detalhes trágicos.

Seu rosto está bem na frente do meu.

Diz:

— Mesmo que eu tetetenha que arrancar sua cacabeça, vou torná-la nononormal, Cacassandra.

— Eu a amo.

— Cacala a boca.

Aí está, outra vez, o prefixo merda.

— Você pode me afastar dela — sussurro —, pode me trancar, pode arrancar minha cabeça, faça o que quiser comigo, mas nada vai mudar. Eu a amo.

Meu discurso é um clichê, ok? Não pretendo que seja um testemunho com grandes metáforas ou alto valor literário. É o suficiente para a mente de papai — a pintura abstrata — explodir:

— Nesta cacasa, há sérios problemas morais e comportamentais. Problemas sé... sérios. Sangue ruim.

Mamãe encolhe os ombros. Sabe que a indireta de papai é dirigida a ela.

— Uma cacasa é um país pepequeno. E uma família é uma nana... ção. Uma nação!

Novamente o mesmo discurso político chato. Mamãe boceja. Caleb está com a cabeça nas nuvens. Calia continua sendo Calia.

— Disciplina! Este papaís precisa de disciplina. Vou pegar no chicote! Vou totomar as rédeas! E vamos puxar jujujuntos esta carroça chamada fafamília. Cucuste o que cucustar, vou te salvar, Cacassandra.

— Eu a amo — repito, e, embora ainda sejam as mesmas palavras de antes, papai fica nervoso:

— A disciplina é a bababase de um país! É a babase de tudo! E ninguém memelhor que eu para guiá-los de volta ao bom cacaminho.

Outra vez o prefixo merda.

Em um dos cantos da sala, meu irmão tosse inofensivamente. No entanto, esse som aciona os alarmes no interior da pintura abstrata que são os pensamentos de papai:

— Honra, vergonha e glória! Venceremos! — afirma, e só então percebo que ele parou de gaguejar. — Abaixo o sangue ruim! Honra, vergonha e glória! — repete e, em seguida, acrescenta: — Vou guiar este país para a redenção!

O discurso me deixou com um gosto agridoce na boca. Papai acena com minha calcinha, que, em suas mãos, parece mais do que nunca uma bandeira das causas perdidas. Seus dedos não são mais escrupulosos. Tocam meu suor e se fundem com os traços de ferrugem que minha amada deixou na superfície da minha roupa de baixo.

— Esta família precisa de um grande líder. Vocês não me conhecem, não, ainda não. Mas vocês têm tempo, todo o tempo do mundo — ameaça papai e, com essas palavras, conclui seu discurso, mais uma vez sem gaguejar.

Eles se conheceram em um desfile. Mamãe usava umas botas longas que não eram exatamente do seu número. As botas a faziam mancar, e isso lhe dava um ar de ingenuidade e leveza que todas as outras garotas, com botas do tamanho certo, invejavam.

— Bo... bo... lhas? — perguntou o homem, que naquela época era tudo menos papai.

Mamãe, que naquele momento era apenas uma jovem um pouco bonita e manca, assentiu com um sorriso. Havia reconhecido imediatamente o rosto daquele sujeito. Como não sorrir? Ficou surpresa por ele estar ali, desprotegido, no meio da multidão de garotas e garotos uniformizados, como se fosse mais um, um soldado raso, como se tivesse esquecido sua patente. Naquele dia, e pela primeira vez na vida, mamãe se sentiu importante. Antes de conhecer papai, limitava-se a existir, a ser uma das muitas meninas que se aglomeravam de uniforme no eterno verão do país, sem nenhum traço exterior que as marcasse, sem nenhum traço exterior que delatasse sua origem. Mamãe teve o cuidado de ser homogênea, porque a heterogeneidade custava caro. Desde que sua família havia decidido suicidar-se, desde o aparecimento das borboletas, desde a voz da tia, isto é, a voz de deus que usava as cordas vocais da tia como ânfora, fora consumida pelo estertor dos envenenados, mamãe-jovem sabia que carregava um estigma: o tabu do sangue ruim familiar.

Não se lembrava bem do que havia acontecido depois do suicídio maciço. As asas das borboletas voaram sobre ela, e, desde então, tudo se transformou em nebulosa, em uma cortina de fumaça sobre as lembranças. Foi melhor assim, era preferível esquecer. Após seu infortúnio, o país não a abandonou. Mamãe, a órfã, foi levada para um dos muitos lares para crianças sem pais, para crianças não desejadas, para os relegados pela família, ou seja, aquela era uma casa democrática, o reflexo preciso do que o país queria para todos os seus habitantes. Mamãe, a órfã, havia se esforçado para esquecer rapidamente. Era preciso adaptar-se às novas circunstâncias, e ela o fizera bem o suficiente para que a mancha biológica que arrastava, o fato de pertencer a uma manada de suicidas, fosse esquecida graças às constantes tentativas de encaixar-se no quebra-cabeça do mundo.

Muitos foram os psicólogos e psiquiatras que se dedicaram a falar com mamãe-menina. Eles a convenceram: qualquer trauma pode ser superado com a ajuda da ciência. Aquelas borboletas da morte, as que ela acreditava ter visto se elevando do papel graças à influência de algum segredo obscuro, nunca existiram. Era lógico. Não há nada neste mundo que a lógica não possa explicar. Não há nada neste mundo que a palavra trauma não possa cobrir. Os olhos veem o que desejam ver. Os olhos das crianças são especialmente influenciáveis, é verdade. Por isso, mamãe se forçou a apagar as lembranças daquelas borboletas. Em sua memória, elas nunca existiram. Os psiquiatras e psicólogos sorriram e passaram a mão em sua cabeça. Boa menina. Muito boa menina. Mais uma vez, o mundo da lógica havia derrotado o caos do obscurantismo.

E, desde então, tudo foi quase perfeito.

Quase porque, quando mamãe-menina fechava os olhos, sua mente voltava a desenhar aquelas borboletas que odiava. Continuavam ali, embaixo da gaveta, escondidas entre fardos e fardos de testes psicológicos, camufladas sob horas e horas de terapia. Persistentes, as borboletas. No entanto, bastava abrir os olhos para esquecê-las. O mundo imediatamente voltou a girar sobre os mesmos eixos de todo dia.

Mas a realidade era outra, e ela a conhecia perfeitamente: as borboletas continuavam ali, no lugar mais profundo de suas recordações.

Mamãe-jovem não gostava das botas militares nem dos desfiles. Parecia exaustivo para ela ter de arrastar os pés e sentir como as botas se esforçavam para serem desconfortáveis. As bolhas cresciam. Os pés se atrasavam. Ela não fazia isso de propósito. Mamãe só desejava fazer parte da multidão, ser uma garota homogênea; o que, ao se olhar de perto, não deve ser muito difícil, mesmo quando você é uma menina como mamãe, uma menina sem família, criada em uma casa democrática instaurada no país com o objetivo de servir de ninho para os marginalizados. As circunstâncias ajudavam todos a serem iguais se fizessem um esforço, as mesmas botas, os mesmos vestidos, os mesmos uniformes, as mesmas ideias, o mesmo calor, o mesmo verão que alcançava as mesmas partes. Apenas as bolhas faziam mamãe parecer diferente. Apenas mancar a fazia diferente. Mas aquele era o seu dia de sorte.

— Su... su... suas botinhas são pequenas? — perguntou-lhe o homem, o militar cujo rosto mamãe conhecia de cor. Ela não o achava particularmente atraente, mas o poder toma formas inusitadas, formas que se assemelham à beleza, então mamãe-jovem olhou para o homem e o achou encantador. Ela nunca tinha imaginado que um militar de sua patente pudesse gaguejar daquele jeito, que graça, o homem importante mostrava nervosismo, humanidade, imperfeição. Não eram apenas os pés de mamãe que falhavam.

— Grandes — respondeu ela. — São um número maior que o meu pé.

— Va... va... vamos comprar novas botinhas para você. Não se pode mamarchar assim.

Se mamãe-jovem tivesse escolha, seus pés não estariam usando botas, velhas ou novas, mas sapatos de salto

alto, vermelhos, daqueles que causam bolhas de verdade. Mamãe se imaginou naquelas pernas de pau e em sua mente se sentia a garota mais linda do mundo. É claro que tais pensamentos eram então proibidos, pelo menos para ela, para a garota que tentava ser homogênea, e não diferente. Naquele momento, a ideia de ter outras botas, a ideia de conhecer o homem gago e poderoso, era mais do que ela poderia sonhar. Ela o seguiu pela multidão. Sem dizer palavra.

A escolta do homem gago e poderoso fixou os olhos em mamãe-jovem:

— Vem com... comigo — afirmou, sem acrescentar mais nada, nem foi necessário.

Eles se casaram dois meses depois, e mamãe-jovem já estava grávida de Cacassandra e havia renunciado aos orgasmos. Papai lhe deu uns sapatos de salto bonitos. Eles não eram vermelhos, mas pretos, e ela sentiu que aquele presente era uma forma pura de felicidade. Tinha os pés inchados em razão da gravidez, e os saltos não lhe serviram. Desde que estava dentro do ventre, Cacassandra era uma menina má. Causava enjoos matinais, tiques e retenção de líquidos. Mamãe-jovem tentou espremer os pés dentro dos sapatos de salto. Aquela foi uma forma refinada de frustração:

— Eles não servem em mim — confessou ao papai e se sentiu culpada.

— Você e se... seus pés... — respondeu o homem —, sempre tão cocomplexos.

Ela nunca o amou. Aquele homem gago e poderoso estava sempre ocupado com assuntos da política e do país, com ascender mais um degrau na escada do dever, com suas medalhas. Mamãe se concentrou em ter filhos, em ler livros de autoajuda e em sua coleção de sapatos de salto alto. Para ela, o amor era exatamente isto, um par de sapatos de salto novos, a ideia de que não tinha de usar botas nem marchar em um desfile com bolhas nos pés.

Caleb desceu ao porão e tirou o pardal morto do bolso. Estava bem amassado, era quase uma polpa. Que pena. Não se encaixaria no quebra-cabeça. Frustrante. Tanto esforço para nada. Tanto esforço transformado em polpa. Os cadáveres não eram tão resistentes, e Caleb tinha apoiado o peso do corpo contra a parede enquanto papai falava sem parar, enquanto Cassandra repetia a mesma coisa várias vezes, aquele eu a amo com fedor de ferrugem que, aparentemente, apenas ele podia sentir em toda a família.

A imagem da calcinha fúcsia de Cassandra ficara gravada em sua mente. Essa era uma recordação que lhe provocava cócegas e uma sensação de estranheza. Se a irmã mais velha usava aquela roupa íntima, talvez Tunísia também usasse. O nome da prima, a lembrança dela, causou calafrios em Caleb. Não era difícil para ele imaginar Tunísia usando aquela calcinha fúcsia, Tunísia cheirando a ferrugem.

Era melhor não pensar nela, na garota de óculos.

Tunísia estava proibida.

Caleb sabia que nunca mais a veria, não agora que os tios haviam se tornado inimigos do povo.

Aquele verão ameaçava ser longo e sufocante.

O garoto se obrigou a pensar no pardal, isto é, naquela polpa com asas e algo parecido com um bico. Queria incluí-lo em sua obra de arte.

Foi então que ouviu um pigarro logo acima de seu ombro. O cheiro de ferrugem se infiltrou em seu nariz.

— O que está fazendo aqui, Cassandra? — perguntou. — Não está de castigo?

— Ah, tá. E daí?

A irmã mais velha fez uma careta de nojo ao notar a presença do pardal morto. Caleb esperou por alguma palavra de desprezo, mas Cassandra mordeu os lábios e não disse nada.

— O que você quer? — foi Caleb que não aguentou mais o silêncio.

— Papai está louco. Percebeu? Diga que sim.

— Você que é louca, fode-pontes.

— Ah, tá, mata-pardais — suspirou Cassandra. — É sério. Se você não me ajudar...

— Nem tente, Cassandra. Me deixe em paz. Não vê que estou ocupado?

— Papai está louco. Você não entende isso. Papai quer se tornar o Vovô Bigode. Você sabe o que isso significa?

— ... não me importa.

— Ele vai fazer experimentos com a gente, Caleb. Mais ou menos como o Vovô Bigode. Só que o Vovô Bigode fez isso com um país.

— Olha, Cassandra, é você que está apaixonada por uma ponte. Não me fale sobre experimentos. Me deixe em paz.

— Um homem como papai não abre mão do poder, é preciso tirá-lo dele.

Caleb se engasgou com uma risada:

— Então, além de ser uma fode-pontes, você é uma inimiga do povo.

A irmã mais velha deu de ombros:

— Você não conhece o Vovô Bigode, Caleb. Eu, sim. Imagine se o papai se torna ele. Sua vida vai ser uma merda. E a minha também. Até mesmo a de Calia. Você não sabe. Não tem ideia do que isso significa. Teremos novas leis...

— Me deixe em paz.

— Olha, você é um idiota! Um homem como papai é perigoso. Ele já perdeu tudo. Tiraram tudo dele. Ele só tem a nós. Como você não se dá conta disso?

— Eu não me importo, já disse. Me deixe em paz.

Cassandra tocou o pardal morto:

— Ok, você que sabe, mas vai se arrepender. Papai está louco. E o verão será longo, Caleb. Depois não diga que não avisei.

O irmão mais novo não parou para pensar nos assuntos de Cassandra. Para falar a verdade, ele estava mais preocupado em se lembrar de Tunísia, da prima perdida, de seus óculos. Estava mais preocupado em imaginar uma calcinha fúcsia e em tentar incluir aquele pardal destroçado no quebra-cabeça de animais mortos.

— Por que você não gosta de borboletas, mamãe?

— Porque elas são as mensageiras da morte.

— Como sabe disso...?

— Minha tia me contou.

— Você tem medo delas?

— Das borboletas? Um pouco. Por isso não me incomoda se for verdade que você as mata.

— Não! Elas...

— Eu sei, Caleb. Você me disse... Elas o procuram, encostam em você e pronto. Elas caem mortas. Cometem suicídio. Sim, eu sei.

— Mas é verdade.

— Então, aquilo que a sua irmã me conta também é verdade?

— O coelho morreu.

— Caleb, você pode ser honesto com a mamãe. Você gosta de torturar animaizinhos?

— Não!

— Se você esconder informações de mim, mamãe não poderá ajudá-lo.

— Eu não faço nada com eles.

— Você os envenena? Bate neles?

— Não!

— Você se sente bem quando faz isso?

— Eles morrem e pronto. Não é minha culpa.

— Claro que não. Ninguém disse isso. Eu, por exemplo, não gosto de borboletas. Acho que elas são insetos odiosos, que nem deveriam existir.

— Mas elas são muito bonitas.

— Então me conte o que aconteceu aquele dia no zoológico.

— Fui com papai e Cassandra. Os animais estavam estranhos. Papai gritou.

— E você sentiu medo?

— Não, cãibra.

— Cãibra?

— Sim, quando me tocam e morrem. Por que eles querem morrer?

— Caleb, a primeira coisa que você precisa entender é que os animais não pensam.

— Eles pensam na morte, mamãe.

— Como sabe disso?

— Eu percebo.

— Os animais dizem isso a você?

— Não.

— Então como pode ter certeza disso?

— Porque, quando me tocam e caem mortos, se sentem aliviados.

— Os animais...?

— Sim.

— Aliviados do quê?

— De não estarem mais vivos. Eles gostam disso.

— A questão é se você gosta de que eles não estejam mais vivos.

— Eles parecem bonitos quando mortos.

— Você acha?

— Eles não se movem mais. Assim a gente pode vê-los melhor. Quando se movem, é muito difícil notar suas manchas e cores... né? Mas, quando estão quietos, a gente pode notar tudo, e eles são mais bonitos.

— Você acha que a morte é bonita?

— Sim. Quando há vários animais quietos, aí a gente percebe algo...

— O quê?

— Um se encaixa no outro.

— Sério?

— Sim. Por exemplo, uma formiga pode estar em cima de um passarinho, e o passarinho colado ao coelho. Eles parecem lindos quando estão separados, mas é melhor quando ficam juntos.

— Como uma escultura?

— ... mas em alguns momentos eles não se encaixam tão bem. É difícil. É como um quebra-cabeça.

— Então você os mata para construir um...?

— Eles morrem e pronto, eu não faço nada com eles.

— Você pode me mostrar?

— O quê?

— Seu quebra-cabeça.

— Como você sabe que eu...?

— Você acabou de me dizer. Além disso, sou sua mamãe. Supõe-se que eu saiba tudo o que acontece com você.

— Tá bom. Vem comigo.

— Aonde?

— Lá embaixo.

— O quebra-cabeça está escondido?

— Sim.

— Bom. Você tem borboletas?

— Algumas... elas te dão medo?

— Não se preocupe.

— Elas estão mortas, mamãe. Se estão mortas, não podem te machucar. São bonitas e só.

— Tudo bem.

— Mamãe...?

— Diga.

— Não é minha culpa de verdade. Você está brava comigo?

— Não.

— Você está brava com as borboletas, então?

— Às vezes, mas não agora. O coelho da sua irmã faz parte do quebra-cabeça? Me diga a verdade, Caleb.

— Somente as orelhas.

— Somente as orelhas?

— Eram as únicas coisas que encaixavam.

Muitos se queixavam do calor do país, do eterno verão sem fronteiras. Papai sabia que sob as queixas sem formas, aquelas que aparentavam ser inofensivas, camuflavam-se as ideias dos inimigos do povo, os inimigos do General Bigode. Quem criticava o calor do país criticava o país e seu governo. Papai era um homem simples. Aceitava o verão como uma das muitas coisas que não exigiam explicação e contra as quais era melhor não lutar. Suportava as moscas, o suor em bicas entre a pele e a camisa e até a ferrugem nas medalhas. Por isso ele não entendia mamãe, que sempre se abanava com uma ventarola, com qualquer jornal que tivesse por perto, mamãe que levantava a blusa para receber mais ar. É verdade que o verão era sufocante, mas tinha pontos positivos; por exemplo, era só pensar na praia, pois, se esta terra tem algo de bom, é aquele lugar onde o mar encontra a costa, as praias mais bonitas do mundo, onde crianças brincam saudáveis e felizes e de que tanto gostava a pequena Cassandra aos dois anos.

Passara-se muito tempo entre as brincadeiras de Cassandra na areia e a imagem da jovem Cassandra na ponte. Papai percebia que a afirmação dos velhos era verdadeira, os anos são implacáveis, e estamos aqui, nesta terra, apenas para testemunhar como o tempo destrói o que toca, seja uma família, uma ilusão ou os degraus do poder. Os anos corroem e mordem, e não se deve culpá-los, porque esse sempre foi o propósito deles, desde que o tempo é tempo, ou seja, muito antes de papai se concentrar em assuntos assim.

Melancolia.

Um soldado não pode ser uma criatura melancólica, papai advertiu a si mesmo, isto é, a voz militar de sua consciência o advertiu. Mas que diferença isso faz agora, a mesma voz então perguntou, um pouco menos dominante, um soldado pode se permitir ser fraco quando ninguém está olhando, e esse era o momento certo, o momento da libertação, em que até papai poderia se permitir derramar uma pequena lágrima nostálgica pela imagem da filha perdida ou pela transformação dessa filha em algo mais que papai não conseguia entender. Ou talvez, quem disse que não é permitido, papai também se atreveria a chorar por tudo o que aconteceu com ele no último ano, por aquela queda tão grande e as feridas tão graves que haviam destruído o mundo ao seu redor.

Quando certos Adão e Eva — escolha outros nomes caso prefira — foram expulsos do jardim do Éden, também conhecido como jardim do poder, eles tiveram de aprender do zero a viver aquela nova existência na qual deus não habitava, a não ser como uma presença distante. Sem pretender equiparar-se aos dois pecadores originais, já que papai estava livre do pecado da traição, compartilhava com eles um sentimento semelhante: o de vagar por uma terra de ninguém, sem guia nem objetivo, sem esperança de subir mais um degrau na escada da glória.

Papai era um órfão de país, um órfão de ideias.

Agora, também, um órfão de filhos.

É verdade que não tinha sido um pai ideal, um pai exemplar clássico, daqueles que nunca perdem um aniversário ou uma data importante. Era bem mais a presença distante: suas medalhas abriam muitas portas, e essas portas foram bem utilizadas por seus filhos e sua esposa, digam o que disserem, todos eles aproveitaram o benefício do poder. Apesar de sua ausência, papai havia tentado ser bom, amava aos seus, que apontem o dedo para ele se isso não for verdade.

Caleb nunca fora próximo de papai. Era um garoto esquivo, submerso nas ondas dos próprios pensamentos, surfando nessas ondas sem permitir companhia. Além disso, havia algo estranho nele. Papai não esquecia aquela imagem do zoológico, aquela lembrança dos animais suicidas. Melhor nem falar de Calia. É certo que crianças pequenas não são muito interessantes, não têm nada de novo para contar, concentram-se em seus processos biológicos, comer, cagar, dormir, comer, cagar, gritar; no entanto, papai teria preferido mil vezes ter uma filha comum, daquelas que viveriam presas aos processos biológicos, dormir, comer, cagar, a ser o pai da pequena aberração dos desenhos, da silenciosa gênio da lâmpada. Calafrios. Papai sentia calafrios toda vez que estava perto daquela menina.

Cassandra era diferente.

Papai sentia um amor autêntico por ela. Ou, pelo menos, o que papai interpretava ser a forma autêntica de amor. Ele não conhecia nenhuma outra, e é preciso conceder a ele tal mérito: amava Cassandra porque, de todos os seus filhos, ela era a única que lhe parecia normal. Acrescentemos a isso que Cassandra havia sido, durante anos, a menina dos olhos do General Bigode, uma espécie de neta a quem o General demonstrava apreço, assunto que de alguma maneira parenteava papai não só com o poder, mas com a fonte da qual ele provinha.

Quem dera Cassandra tivesse ficado menina para sempre.

Mas não.

Papai sentiu o suor escorrer pelo pescoço.

Ele havia perdido não somente a ideia de poder, mas qualquer forma de futuro. Papai sabia disso. Não se voltava a subir após ter chegado ao fundo do poço. Desde o primeiro momento, havia abandonado toda a esperança. Ele não gostava de viver agarrado às migalhas de sal da esperança.

Papai era um homem com os pés na terra.

Quando se vivem tantos anos de carreira militar, aprende-se à força a necessidade de ser prático.

Uma pontada de ressentimento tomou seu peito.

Maldito calor e maldita Cassandra.

— Sososou o senhor desta casa — disse a si mesmo, enchendo-se de coragem. — Sinto cheiro de sangue podre! Vou mostrar a eles como se governa este país!

Agora se dava conta... Os sinais haviam se mostrado desde o primeiro momento, porém papai não era, então, um homem prático, mas um amante da beleza. Quem disse que um militar não pode ser um amante da beleza? Aquela garota do desfile, aquela com as botas grandes demais e bolhas nos pés, a garota que sonhava com sapatos de salto alto, tinha lhe trazido azar. Papai não podia justificar suas decisões em nome do amor. Ele não a amava, simplesmente havia acreditado ver a beleza em seu corpo, a possibilidade de que aquela garota lhe desse filhos bonitos, filhos que conquistariam o mundo. Beleza e poder eram o equilíbrio perfeito na balança da vida.

Até mesmo um homem prático podia se permitir cometer erros assim: fatais.

Era tarde demais para corrigir. Os filhos eram lindos, sim, e isso poderia ser creditado à mãe. Tinham herdado dela a predisposição à beleza e tudo o mais, que era muita coisa, que era um mar de segredos e taras. Como ele não havia se dado conta? A garota era linda, mas tinha sangue de suicidas, e papai tinha certeza de que não havia como consertar o que se leva no DNA.

Maldito DNA, maldito verão, maldito país.

Não, o país, não. O país não tinha culpa nenhuma.

Quem tinha culpa era ele. Fora o arquiteto da própria desgraça e agora pagava — sim, em carne e osso, carne de sua carne e osso de seu osso — com aqueles filhos defeituosos: a gênio do desenho, o mata-coelhos e a menina da calcinha fúcsia.

Mas papai era um homem prático. Ele sabia muito bem que o último degrau da escadaria do poder não era alcançado com lamentações, mas com mão firme, mão capaz de empunhar castigos e recompensas. Papai tinha observado.

Tinha aprendido bem a partir da observação. O General Bigode era um bom mestre, o melhor de todos.

Maldito suor.

Papai não era mais o favorito do General Bigode. Não era mais o favorito de ninguém. Tantas vezes fora apontado como o sucessor do General quando a biologia e a passagem do tempo dessem seu último veredicto. Sabia-se bem que o General Bigode não seria eterno. Mas o destino era uma puta. Sim, uma puta asquerosa e suja que havia traído papai, ao homem que mais a amara. O General Bigode não tinha mais um sucessor, e papai não tinha mais um futuro, nem esperança, nem nada para herdar.

O único país que realmente lhe pertencia era sua casa e aquela família defeituosa, e papai tinha toda a intenção de instaurar, de uma vez por todas, a ordem e a perfeição.

As primeiras mudanças foram imperceptíveis. Era quase impossível imaginar o que papai tinha em mente. A bem da verdade, eu soube disso desde o início, e Caleb pode atestar esse fato se ele tiver colhões e boa memória. Não foi à toa que tentei me aproximar de seu pequeno ninho de coelhos mortos e me comportar como uma boa irmã mais velha. Só para deixar registrado: aquilo me deu trabalho, viu?, porque a mera ideia de me aproximar do meu irmão asqueroso me dava calafrios, mas a circunstância era desesperadora. É sabido que as alianças não são simples em nenhuma história, e essa não seria exceção. Primeiro, era necessária a presença de um conflito real, de um atrito real entre duas partes, e meu presságio, embora acertado, ainda não constituía prova suficiente.

Caleb teria tempo para se arrepender, e eu para assumir o verdadeiro papel para o qual fui concebida, o de heroína trágica.

Ah, sim. Era tragédia suficiente não ter meu objeto de amor por perto, mas, como dizem os bardos, nada melhor do que uma paixão em que se colocam freios, porque só assim ela transborda e revoluciona. Não me contentava mais em perceber a ferrugem da minha amada na minha pele nem com o fato de sentir a viga contra a carne. Meu pai, como obstáculo essencial da consumação, tornou-se um velho asqueroso, inimigo público número um da minha história. Ele me trancou no quarto, gritou blá-blá e depois blá-blá-blá, e se recusou a devolver minha calcinha fúcsia:

— Você vai ficar aqui até segunda ordem — disse, e bateu a porta.

Devo admitir que nem naquela época me dei conta de que papai havia parado de gaguejar. A culpa era da raiva, que me deixava cega; afinal, não sou perfeita, ok? A ausência da gagueira era o primeiro sinal da mudança microscópica que começava a ocorrer no corpo de meu pai, uma metamorfose que progrediu pouco a pouco, passo a passo, ao longo daquele verão.

Mas naquele momento ainda não fazíamos ideia disso. Eu não fazia ideia.

O verão acabava de começar. Até pensei que a birra de papai passaria em alguns dias, blá-blá, que a porta se reabriria a qualquer momento, blá-blá-blá. Um homem como papai jamais permitiria que a violência o dominasse. Que inocente eu. Que lenta a heroína trágica da história. Papai realmente havia decidido dar início à sua ditadura.

O verão também havia decidido isso.

A ditadura do verão chegava com moscas e suor, mas aquilo, pelo menos, era algo previsível.

Os gritos de papai alternavam-se com os acessos de raiva de Cassandra. Quando uma porta se abria, outra batia. As dobradiças rangiam sua fúria. Era preferível ser um inseto a viver dentro da casa. Mas não se podia estar do lado de fora, e não só por causa do calor, que podia ser mitigado sob a sombra das árvores ou simplesmente ignorado: eram outros os motivos. O mundo exterior não existia mais, pelo menos não por ora, o mundo exterior era outra dimensão, um espaço paralelo que estava proibido.

Isso foi, no mínimo, injusto. Caleb precisava encontrar novos animais para terminar sua obra. Agora, com esse calor infernal, sua instalação de cadáveres se consumia mais rápido, a putrefação entrava facilmente na sala, e não era incomum ouvir papai dizer:

— Que fedor! Este verão só traz cheiro de merda — dizia ele, e então espiava por uma das janelas, com cuidado, furtivamente, para que ninguém o visse, um olho vigilante ou um olho bisbilhoteiro, uma olhadela enviada pelo próprio General Bigode ou a simples inquisição de um vizinho que acompanhava a tragédia de papai.

Como Caleb não podia sair para o jardim, sua obra permanecia inacabada. Uma desgraça total, faltando tão pouco para que o quebra-cabeça estivesse completo. Mas mesmo naquele momento a situação era controlável. Papai não desperdiçava tempo com Caleb. O garoto lhe parecia um adolescente qualquer, mas com quem compartilhava certos traços genéticos, algumas semelhanças nas feições, por exemplo o nariz adunco e o cabelo preto, a pele excessivamente branca embora sem sardas, pele inadequada para quem mora em um país com tanto sol, um país com tanto verão, pele que envelhece rapidamente em um lugar assim. O próprio papai parecia mais velho do que era, com aquele cabelo quase branco e as rugas nos cantos da boca e na testa:

— Que fedor! Este verão só traz cheiro de merda.

Não foram poucas as vezes em que Caleb o pegou olhando pela janela. A janela estava trancada, e papai guardava as chaves em algum lugar secreto:

— Abrirei as portas quando esta família souber o que significam as palavras civilização e ordem.

Era o que papai dizia, e então esquadrinhava a escuridão da noite com atenção:

— Cheiro podre. — Não acrescentava mais nada, e também não fazia falta, Caleb sabia, todos sabiam que papai tinha certeza de que aquele cheiro fora causado pelos vizinhos. Em um ato de repúdio, em um ato de ódio, decerto haviam jogado sacos de merda no jardim.

É fato que as pessoas são ruins em tempos de infortúnio e apreciam a queda alheia, riem das tragédias dos outros, pensava papai, antes tinham medo de mim e agora enterram sacos de merda na minha propriedade.

Caleb foi o primeiro a se dar conta de que papai havia deixado de gaguejar. Ele não disse nada, mas aquilo lhe pareceu curioso, uma mudança de hábitos, uma modificação que lhe parecia estranhíssima, mas ainda não perturbadora. Estava acostumado ao arrastar das sílabas do pai, a ser chamado de Cacaleb, e não de Caleb; a verdade é que não se importava tanto com o prefixo merda em seu nome. Para ele, parecia pior que seu pai não gaguejasse mais, que seu pai o chamasse de Caleb, assim, de maneira limpa, sem o prefixo merda que já identificava como parte dele.

Apesar de tudo, o menino não se sentia infeliz. O calor era o mesmo de sempre, talvez um pouco mais intensificado pelo fechamento da casa, pela impossibilidade de abrir as portas, pelas janelas tão bem entaipadas, as quais somente os olhos de papai se atreviam a violar. Incomodava-o um pouco não ter conseguido terminar o quebra-cabeça, mas não se sentia especialmente ameaçado porque papai já havia encontrado justificativa para o cheiro que emanava de todos os lugares. Caleb não se preocupava, os sacos de merda dos vizinhos haviam criado um jardim de lixo metafórico na mente de papai e agora fertilizavam o terreno para suas ideias e suspeitas.

Incomodada estava Cassandra. Apenas quem tem uma irmã mais velha entenderá verdadeiramente os sentimentos de Caleb. A irmã mais velha se isolava em seu quarto e só descia à sala de vez em quando, sempre de roupa íntima, um desfile particular de calcinhas vermelhas, roxas e verdes. Caleb olhava com ironia para as pernas magras de Cassandra e logo se perguntava se Tunísia tinha aquelas perninhas finas de flamingo. Era então que a calcinha vermelha de Cassandra se transformava na calcinha vermelha de Tunísia, ela usaria calcinhas iguais ou menores, calcinhas coloridas ou em preto e branco? Os gritos de papai e Cassandra se alternavam, e Caleb parava de pensar em Tunísia, como poderia pensar em Tunísia com tanto barulho?

— Me deixe sair! Preciso ver minha amada! — gritava Cassandra, melodramática.

— Só se for por cima do meu cadáver, senhorita.

— Abra essa porta. Te odeio. Você é um porco, papai!

— As perversões de natureza sexual, de qualquer tipo!, serão punidas severamente nesta casa. Não vamos admitir nenhum tipo de dissidência.

— Você não manda em mim! Ok? Você não é meu pai, não é ninguém! E não é o General Bigode!

— Sangue ruim! — gritava papai, e imediatamente procurava os olhos esquivos de sua esposa, que andava de sapatos de salto alto vermelhos e abria, de maneira negligente, um novo livro de psicanálise ou uma biografia de Freud.

Mamãe não estava preocupada com Cassandra. Tampouco com os gritos de papai e o quebra-cabeça fedorento de Caleb no porão. De fato, naqueles exatos instantes, mamãe estava apenas concentrada em observar Calia. A caçula logo completaria três anos, em um calor intenso e enclausurada. A ideia de que o terceiro aniversário da filha se daria em meio àquela prisão familiar, em meio à queda de papai do zênite do poder ao pântano da inópia não lhe tirava o sono.

Os assuntos que tiravam o sono de mamãe eram outros.

Coincidência ou não, a verdade é que foi também Caleb quem notou a mudança nos desenhos de Calia.

— Acho que a fase elefante acaba de terminar — anunciou o menino, em um dia como outro qualquer, depois encolheu os ombros: apenas transmitia uma informação inofensiva e sem repercussões. — Vejamos o que vai desenhar agora.

Nos papéis em branco de Calia começaram a aparecer os primeiros estudos, os primeiros esboços do corpo de insetos alongados. Ainda não eram anatomicamente precisos, mas tinham asas, e as asas tinham cores. Mamãe sufocou um grito e observou as folhas que Calia começava a pintar:

— É a fase borboleta — sussurrou ela. Havia pânico em sua voz.

Caleb deu de ombros:

— Então, isso indica que todos vamos morrer?

As lendas e os mitos que nos são contados na infância são sempre escabrosos. Os adultos se esforçam para temperar as fábulas com detalhes acentuados de terror. São essas histórias que ficam gravadas no genoma da nossa mente e depois não nos deixam dormir. É irônico que os adultos se perguntem por que as crianças choram, por que têm insônia, que idiotas são os pais, é tão claro que somente um cego se negaria a ver o bicho-papão debaixo da cama, o diabo escondido dentro dos sapatos ou as borboletas que adquirem vida e escapam da prisão do desenho.

As borboletas eram as mensageiras da morte e visitavam as folhas em branco das crianças geniais, das desajustadas e, às vezes, também assumiam a voz de deus, a voz de um parente. As borboletas eram insetos terríveis que deveriam ser mantidos a distância, encurralados nos traços anatomicamente perfeitos dos desenhos de Calia.

Mamãe não pode ser culpada por ter falado de seu trauma de infância. Não é que tenha escolhido os próprios filhos para tal propósito, ela simplesmente não contava com mais ninguém para ouvi-la, e os filhos, por coincidência genética ou destino, compartilhavam com ela o mesmo teto. Em outras palavras, não há como uma criança escapar de seus pais nem dos terrores deles. A história das borboletas constituía uma parte dessas crianças desde que tiveram consciência para registrar na memória qualquer tipo de anedota.

A essa altura da vida, as crianças já sabiam que mamãe não os amava.

O melhor de tudo era que os filhos também não a amavam. Era a ausência recíproca de um sentimento que parecia mais interessante nos livros sobre famílias felizes, mas que não fazia tanto sentido no mundo real. A tolerância, por outro lado, essa era bastante importante para o equilíbrio da família. Mamãe suportava a duras penas as estranhezas dos filhos, as crianças suportavam que a mulher de salto alto, a incubadora genética, tentasse corrigi-los o tempo todo com seus livros de autoajuda e suas perguntas sem sentido.

Aquele era um equilíbrio bastante preciso e, em certas ocasiões, quase feliz.

Existia um pacto silencioso entre todos. É preciso explicar que o acordo não foi feito mediante troca de palavras, o que os unia era somente um temor semelhante ao dos pesadelos. Desde que Calia mostrou sua inclinação tão precoce para a pintura, a família inteira começou a vigiá-la. Não só ela, mas toda a criação que nascia das mãos da menina gênio. Analisaram inúmeras folhas em que as bundas dos macacos informavam analiticamente as épocas de acasalamento, analisaram os pelos nas trombas dos elefantes e os desenhos fractais na natureza dos insetos. Procuraram asas, o sinal de uma Calia transformada em receptáculo da morte ou em mensageira de deus.

Em outras palavras: todos tinham se transformado em seus vigilantes.

Isso não deve gerar estranhamento: neste país, vigiar o vizinho, a filha ou a irmã mais nova é um assunto sem importância, uma tarefa doméstica das mais vulgares e comuns. E a família o fazia bem.

Muito bem... até aquele dia.

— Todos vamos morrer? — perguntou Caleb ao ver os primeiros esboços de asas nas páginas que Calia desenhava.

— Claro que não — respondeu mamãe, mas seus olhos indicavam que a resposta não era verdadeira, mas uma camuflagem.

Foi mamãe quem pegou todas as folhas que cercavam Calia e as converteu em bolas de papel, em montinhos sem forma; então seus gritos explodiram:

— Me deixe em paz! Me deixe! O que mais quer de mim? — Ela agarrou o queixo de Calia e a forçou a encarar seus olhos.

Calia protestou com uma careta e algum som indistinguível e tentou pegar as bolas de papel que mamãe havia tirado dela:

— Eu vou botar fogo nas suas malditas borboletas, está me ouvindo? Vou queimá-las.

A bem da verdade, Calia não olhou para ela com sarcasmo, como fariam as meninas assustadoras nos filmes de terror, nem uivou para a escuridão, nem se transformou em lobisomem, nem mostrou nenhum gesto que revelasse ira. Apenas se limitou a agarrar os lápis com força, para que mamãe não os tentasse tirar dela.

Papai sempre odiara bigodes. Para ele, bigodes pareciam desleixados. Era necessário muito tempo livre para que um bigode mostrasse espessura e beleza. Caso contrário, era apenas uma franja sem forma, parecida demais com um arbusto genital crescido no centro do rosto de alguém. Como papai era um homem sem tempo, limitava-se a se barbear todos os dias, assunto não muito venturoso para sua pele enrugada e sensível, mas que ele aceitava como um ritual qualquer, um ritual doméstico.

No passado, papai odiava bigodes. Desde então as coisas mudaram muito. Agora ele tinha tempo livre, tempo para fazer planos e até mesmo para observar o progresso quase invisível dos pelos finos que cresciam, lentamente, em seu rosto.

Fora um idiota por se recusar a ter bigode. Na verdade, era muito mais prático assim. Adeus aos barbeadores imundos, à pele ferida e às cicatrizes matinais.

Aquela foi a primeira de muitas mudanças: ao deixar o bigode crescer, papai sentiu que um pouco de seu poder perdido foi recuperado, que aqueles pelinhos sem forma lhe ofereciam um tipo de conforto. Papai se considerava um homem de ação rápida, um homem de raciocínio acelerado. Entendia perfeitamente por que o General havia decidido ter bigode. Não era apenas uma opção estética, mas uma ideia brilhante.

Um homem de bigode sempre será um homem de confiança.

E, mais que isso, um homem com poder.

Seria redundante acrescentar o seguinte: um homem de bigode é capaz de segurar as rédeas que controlam a estabilidade de uma família ou de um país.

Acima de tudo, papai queria ser um homem justo. Queria que seus filhos o amassem.

Os homens poderosos sabem bem disto: o exercício do amor está sempre acompanhado pelo medo. Amamos o que tememos, e vice-versa.

A sombra do bigode o fazia parecer mais jovem e escondia seus lábios. Papai entendeu que o General era inteligente, sábio, alguém à frente do seu tempo: quem movimenta a boca sem que possam ler suas palavras é um vencedor, e não um vencido.

Na família, assim como na política, era importante cunhar bem essa diferença.

Papai estava feliz, pela primeira vez em muito tempo, pela primeira vez desde sua queda, quando naquela manhã se olhou no espelho e quase foi incapaz de se reconhecer. Na superfície, um novo rosto apareceu, e ele não se parecia com o seu.

Era o do General Bigode.

— Adivinha o que eu trago dentro deste pacote?

— Não sei.

— Pense, Cassandrinha. É um presente para uma garota linda como você.

— Um vestido?

— ... florido. Você gosta de flores?

— Elas são ok.

— Não há nada mais bonito do que uma garota em um vestido florido, Cassandrinha. Você quer o pacote?

— Ah, sim. Acho que sim.

— Abra. Já é hora de esquecer aquelas bonecas chatas. Não eram chatas? Não gosta do vestido?

— Ah, sim.

— Sei. Então você não gostou. Não se preocupe, você não precisa me enganar. Ao que parece, Cassandrinha, você é a única no mundo que se esforça para ser um tanto honesta com o Vovô Bigode. Não espero nada dos outros, mas de você...

— Quero que você me dê outra coisa.

— Viu só? Já nos entendemos.

— A cadeira de seu gabinete.

— Minha cadeira? O que ela tem de especial?

— Tudo.

— Você gosta de cadeiras? Sério? Tanto assim?

— Eu morreria para ter *essa*.

— Por quê?

— Porque eu a amo.

— Sim, sim, eu te entendo. É muito confortável. Uma vez eu tive um rifle. Era especial. Eu não conseguia me desapegar dele. O rifle me entendia. Era uma extensão do meu braço. Ele estourava miolos meticulosamente... Você vê, Cassandrinha? Acabamos de ter nossa primeira conversa como adultos.

— O que significa meticulosamente?

— Uma questão de escrúpulos. Detesto manchas de sangue, explosões de sangue. Matar nem sempre é confortável.

— Você gostava?

— De matar? Ou voltamos a falar do meu rifle?

— Do rifle.

— Por alguma razão estranha, era só mirar na cabeça e puxar o gatilho que ele fazia um trabalho bastante limpo, quase cirúrgico.

— Você o amava?

— Ele era útil. Já está pensando na ideia de amor, Cassandrinha?

— Você vai me dar sua cadeira?

— Ora, ora... você é rápida. Não corra tanto assim. Tudo tem seu preço nesta vida. Não é mesmo?

— Acho que sim.

— Você é uma boa observadora, Cassandra. Pensa que não me dei conta disso? Você olha tudo. A curiosidade é um mérito. Há quem pense que também é um defeito, mas seu Vovô Bigode, não. Seu Vovô Bigode também é um homem curioso. E sabe o que desperta em mim muita, muita curiosidade? Seu papai.

— Ok...

— Todos por aqui dizem que ele será um excelente sucessor. *Meu* sucessor... O que você acha, Cassandrinha? Já ouviu alguma opinião a esse respeito?

— Não.

— Que estranho. Seu papai adora opiniões... Não sabe nem mesmo o que seus tios pensam sobre essa ideia?

— Não. Você vai me dar a cadeira?

— Ah, não, não estamos falando sobre isso. A cadeira... ela é de fato muito confortável. É a extensão natural da minha bunda. Você não quer que o Vovô Bigode, tão velho, se sacrifique assim para agradar a um capricho infantil. A menos...

— Quê...?

— Se você quer tanto aquela cadeira, poderia ouvir melhor, poderia prestar mais atenção nos detalhes. Não me refiro ao óbvio, Cassandrinha, mas às pequenas coisas, sabe, aquelas que passam despercebidas. Está me entendendo?

— Acho que sim.

— Acho que sim é uma resposta ambígua demais. Sejamos mais claros. Quero que você ouça com atenção toda vez que seu pai falar com seus tios. Já sabe quão curioso seu Vovô Bigode pode ser.

— Você quer que eu seja sua espiã?

— Não, não, Cassandrinha. Que palavra tão feia essa! Que palavra tão dura na boca limpa de uma garota como você! Não, não, não te peço tanto. Proponho um acordo justo, uma troca equivalente. Se você quer tanto aquela cadeira magnífica...

— Eu a amo.

— O amor é passageiro, mas o carinho do seu Vovô Bigode será eterno.

— O papai fez alguma coisa ruim?

— Não, não, quem disse isso? Por que a tensão, Cassandrinha? Você acha que, se seu papai fosse um inimigo do país, um inimigo do povo, um inimigo do Vovô Bigode, ele ainda estaria vivo? Não tenho dúvidas da fidelidade dele. Mas sou curioso. E, por favor, não use mais essa palavra feia: espiã. Dói o coração do seu Vovô Bigode. Uma espiã é uma inimiga das conquistas deste país. No entanto, percebe a diferença?, um vigilante é um amigo, um herói. Ou, neste caso, uma heroína.

Ele não teve escolha a não ser esperar até anoitecer. As portas continuavam trancadas, e papai guardava a chave. Pelo menos, quando escurecia, papai mostrava menos sinais de vigilância. Já não farejava em busca de pacotes imaginários de merda nem conjurava vinganças a meia-voz. Se papai roncasse ao dormir, Caleb teria certeza absoluta e se atreveria a mais, quem sabe até entrasse no quarto e roubasse as chaves, ou qualquer outra solução de última hora que lhe permitisse ficar livre por alguns instantes. Caleb não era um rebelde. Na verdade, nem sabia ao certo o significado exato dessa palavra que na casa, nem é preciso dizer, era pouco usada e sempre com olhos de suspeita, para que a rebeldia não ficasse incrustada nos ossos da nova geração.

Para Caleb, o fato de fugir significava ter a liberdade de sair da casa, para o jardim de sempre, que agora se tornara um lugar proibido, uma zona radioativa que deveria ser evitada a todo custo: as novas ordens de papai confirmavam isso. O menino precisava, a qualquer custo, encontrar a última peça para juntar a seu quebra-cabeça, aquela peça artística que vinha construindo desde que descobrira a tendência suicida dos animais quando estavam próximos a ele. A arte dera um propósito à morte, e tal propósito era um presente.

Um presente para Tunísia.

O quebra-cabeça se tornara uma espécie fantasmagórica de homenagem que Caleb estava construindo para uma garota desaparecida. Era exatamente o tipo de ação romântica que nunca pensou levar a cabo em sua vida, mas foi assim que as coisas aconteceram, assim que as coisas mudaram sob o peso da clausura e dos hormônios. Um ato desesperado, um ingrediente terrível para qualquer propósito; além disso, Caleb sabia muito bem que o presente jamais chegaria às mãos da destinatária.

O garoto suspirou.

Continuava pensando na prima. Tanto que, às vezes, as feições da garota de óculos se desbotavam ou se fundiam na imaginação de Caleb. Tunísia se havia convertido, também, em um quebra-cabeça particular no qual se misturavam as pernas e a roupa íntima de Cassandra, uns óculos com lentes grossas e algum outro elemento tirado das fantasias de um adolescente.

Caleb não era um menino com os pés e a cabeça nas nuvens; na verdade, poderia até ser considerado prático. Não era necessária muita inteligência para chegar à conclusão exata: era extremamente provável que nunca mais encontrasse a prima, Tunísia acabaria se dissolvendo no abismo do esquecimento, e a cada dia se fundiria um pouco mais com as imagens de Cassandra e de outras garotas de quem Caleb conseguia lembrar. Tunísia tinha sido levada para longe, para algum lugar na parte mais remota do país, e carregava a marca de ser filha de um inimigo do povo, pior ainda, de dois inimigos do povo, terroristas e criadores de bombas caseiras.

Para Caleb, o pior não era Calia e suas borboletas, nem o medo que se respirava dentro de casa, nem os gritos da irmã mais velha e seu desfile de calcinhas multicoloridas, mas papai e sua metamorfose.

Caleb não queria pensar naquilo. Era melhor não dar corpo à ideia e esperar que o tempo passasse, que terminassem os dois meses de verão, isto é, o que o calendário estipulava que era formalmente o verão naquela região geográfica. Então papai seria obrigado a libertá-los, precisaria deixá-los ir porque a vida continuava além da sua queda, e, além da sua queda, mesmo os filhos dos homens sem poder, mesmo os filhos dos destronados, tinham de se agarrar aos moldes educativos daquela sociedade perfeita onde todos eram iguais, ou pelo menos bastante semelhantes.

Era preciso ter paciência e ser resistente, apenas isso, Caleb se convenceu. Mesmo assim, encolheu os ombros e estudou com atenção, como fazia todas as noites, os sons da casa, os ruídos do escuro, ampliados pela imaginação.

Caleb abriu cuidadosamente a porta de seu quarto.

Sim, era um risco. Papai havia instituído novas leis. Agora viviam sob toque de recolher, exatamente às sete horas da noite, porque, segundo papai, a noite dava espaço suficiente para meditar sobre os erros do dia, que, como se sabe, nessa família eram muitos, quase incontáveis. Família constituída de dissidentes sexuais, mães não amorosas, adolescentes-que-encolhem-ombros e meninas-gênio.

Caleb não se considerava um rebelde. Na verdade, ele acreditava que era melhor ser obediente, acreditava que um pai contente com as próprias leis era melhor que um pai enfurecido pelos cantos, obcecado pela ideia da própria queda. Se não fosse pelo quebra-cabeça não terminado, Caleb teria ficado quieto, cumpriria as novas ordens e seria paciente: o verão não é um tempo eterno, ainda que às vezes acreditemos que seja. Mas o quebra-cabeça estava incompleto, e Caleb precisava virar aquela página, terminar aquele monumento ao suicídio animal, para dessa maneira não pensar mais em Tunísia, na prima perdida, na prima desbotada.

Desceu a escada passo a passo. A lentidão era um exercício de precisão, já que a escada acabou sendo um espaço perigoso no qual a madeira estalava. Felizmente, aquele temor não passava de um medo recorrente de ser surpreendido. Já embaixo, Caleb nem se esforçou para tentar abrir a porta, sabia que era inútil e, como um bom menino prático, optou pela solução mais simples: grudar-se à porta de madeira o máximo possível, na esperança de que os animais noturnos sentissem seu cheiro ou sua presença e tentassem se aproximar dele.

O ideal teria sido testar o mesmo método em seu quarto, mas aquilo era impossível. Papai havia transformado cada quarto no andar superior em um lugar hermético, com janelas entaipadas. Em benefício de papai, deve-se notar que ele mesmo se encarregou de realizar a tarefa. Na nação ideal de um homem do seu tempo não havia lugar para refugiados.

O método de Caleb gerou resultados imediatos. As primeiras a chegar foram as formigas. Grandes. Gordas. Minúsculas. Aladas. Pretas. Vermelhas. Marrons. Caleb tentou espantá-las. Ele não precisava de formigas. Seu quebra-cabeça não precisava de formigas, mas de um corpo maior, sólido, um corpo que pudesse se encaixar em outro corpo. As formigas eram persistentes. Tentavam chegar até Caleb. Algumas conseguiam e imediatamente caíam, fulminadas. Caleb acabou esmagando outras.

Com as formigas, outros insetos rastejavam. Finalmente, Caleb começou a sentir a pele fria dos sapos, que tentavam se espremer pelas frestas da porta. Um sapo não era o ideal, mas pelo menos aquele corpo tinha uma forma. Só precisava chegar até ele.

Do outro lado da porta, Caleb ouviu um latido, e seu coração pulou:

— Bom menino... não faça barulho, venha, não faça barulho.

Era impossível para o cachorro passar pela frestinha da porta. Era realmente impossível, mas, naquele exato momento, Caleb deixou de pensar como um garoto prático e se deixou levar pelas emoções, pelo desejo de esquecer Tunísia e, mais do que isso, pelo desejo de terminar seu quebra-cabeça.

Com dificuldade, estendeu os dedos o máximo que pôde. Bastava que o cachorro tocasse, cheirasse ou lambesse um daqueles dedos, e então tudo estaria feito, a morte estaria servida, a obra concluída.

Aquele foi um erro capital. Um erro que, em outro momento, Caleb poderia ter evitado.

— Venha, bom menino — ele chamou o cachorro.

Ele só notou a presença de papai quando ergueu os olhos. Sua boca era uma selva de bigodes. Papai limpou a garganta e levantou uma bota. Então a abaixou de uma vez.

Caleb gritou.

Doía.

Merda, como doía.

Papai pressionou a bota contra a mão de Caleb, e pressionou mais, e pressionou novamente, até que o cachorro fora da casa começou a ganir, e Caleb uivou repetidas vezes:

— Rebelde. Dissidente — sussurrou papai. As sílabas escaparam sob seu bigode. — Agora você vai cantar sua música mais bonita e, acredite em mim, não vai parar até ver sangue.

Na mão de Caleb, um estalido de ossos.

— Estou feliz que esteja de volta, Caleb. Senti falta das nossas conversas. Do que deseja falar hoje?

— De nada.

— Sabe que isso não é verdade. Está aqui por uma razão. Você é um menino prático.

— Quero que saiba de uma coisa. Quero que saiba quanto eu te odeio. Quanto nós te odiamos.

— Quando você fala no plural, a quem se refere?

— Isso é tudo que vai perguntar?

— O que preferia, então, Caleb? Eu gostaria de saber. Isso nos permitirá avançar na terapia.

— Não é normal um filho odiar a mãe, certo?

— É mais normal do que você pensa. É o que dizem os livros, a literatura científica. Na verdade, as emoções típicas da adolescência...

— Eu te odeio porque você me odeia.

— Essa é uma generalização, Caleb, algo abstrato. Você usa palavras extremas para refletir o estado de suas emoções e aplica tudo de maneira absurda. Já ouviu falar da lei do espelho? Alguém projeta no outro o que é ou o que sente. Você odeia a si mesmo, Caleb? Porque o que você quer ver em mim nada mais é do que o reflexo de suas dúvidas, temores e pensamentos.

— Então me diga que você me ama. Diga: eu te amo, Caleb, você é a coisa mais importante que tenho no mundo.

— Ajudaria se eu dissesse isso?

— Se fosse verdade, sim.

— Você acha que os filhos devem ser a coisa mais importante na vida de uma mulher?

— E por que você nos teve, então?

— Esse é um critério obsoleto, Caleb. A verdade é que os bebês são fofos. Eles têm olhos grandes e bisbilhotam tudo. Foram projetados pela natureza com a finalidade de serem adoráveis. Essa foi minha razão para tê-los. Depois, os bebês crescem. E a magia desaparece assim, do nada... Além disso, seu pai queria filhos. Ele deixou claro no dia em que nos conhecemos. Ele não usou a palavra filhos, mas descendência, que é mais ou menos a mesma coisa.

— Seria melhor que me dissesse: eu te odeio, Caleb.

— Você se sentiria bem se eu fizesse tal declaração? Ajudaria em alguma coisa?

— Ele esmagou minha mão.

— Seu pai tem peculiaridades, Caleb. Todos nós temos. Você, por exemplo...

— Não estamos falando de mim. Estamos falando dele, de você. Ele esmagou minha mão.

— Você não quebrou nenhum osso.

— Doeu.

— Claro que doeu, Caleb. As botas militares têm solas duras. Como pôde esquecer que seu pai é um militar?

— Era isso que ele fazia lá fora? Estou me referindo a antes... quando papai ainda não era o braço direito do Bigode.

— A que você se refere?

— Ele batia? Quebrava mãos? Ele as esmagava? Era isso que papai fazia?

— Seu pai trabalhava em assuntos muito sérios, Caleb. Ele não tinha tempo para tais procedimentos. Essa sua imaginação...

— Enforcava pessoas? Atirava nelas? Ele as queimava? Ele gostava de fazer essas coisas tanto quanto gostou de esmagar minha mão?

— De onde tirou essas ideias?

— Como ele se tornou um homem tão importante? Diga!

— Você acha que os inimigos do povo merecem sua preocupação com eles?

— Por que não me responde?

— Porque você só faz perguntas idiotas. Qual o sentido de falarmos sobre algo assim, Caleb? Isso foi há muito tempo.

— Talvez eles tivessem cães treinados, mamãe. Cachorros que estupravam garotas.

— Que horror! Quem te falou isso?

— É verdade que eles cortavam os ovos dos homens? É verdade que os faziam comer os próprios ovos?

— Não, não é verdade!

— Que arrancavam dentes e unhas? É verdade que papai trabalhava naquele lugar?

— Caleb, você é um menino prático. Papai foi um homem do seu tempo. Só isso.

— Ele esmagou minha mão. E gostou.

— Um gesto reflexo que não justifica essas perguntas absurdas que está fazendo. A reação dele foi instintiva.

— Quero saber. Quero que me diga se é verdade. Onde está Tunísia?

— Com os avós.

— Está viva?

— Claro que ela está viva, Caleb. Meu Deus, que pergunta!

— Eles a machucaram? Foi estuprada por cães treinados?

— Não! Para já com isso. Estou ficando irritada. Você nunca foi tão petulante.

— Você sabia de tudo? Sabia o que papai fazia antes de ser um homem importante?

— O primeiro passo para a cura é o controle das emoções.

— ... e ainda assim você teve filhos com ele e deixou que metesse em você?

— Caleb!

— Sempre achei que fosse minha culpa.

— Do que você está falando agora?

— Ou culpa da Cassandra, ou da Calia. O fato de sermos estranhos. Você sabe, Cassandra se apaixona por objetos, Calia não fala, mas é um gênio, eu e os animais suicidas... Essas coisas. Mas eu estava errado.

— Não te entendo. O primeiro passo para a cura é o controle das emoções e a superação dos estados negativos do ânimo.

— Na escola, estávamos sempre sozinhos. Na rua. No zoológico. As pessoas se afastavam de nós. Por causa de papai, ninguém nos queria por perto. Por causa dele, nunca tivemos amigos. Quem gostaria de ser amigo dos filhos de um torturador?

— Não diga essa palavra!

— Quero saber.

— Você quer? Então me escute bem e não fique repetindo por aí as mentiras dos inimigos deste país. Não consegue ver todo o dano que nos causaram? Não vê o que eles fizeram com seu pai depois de anos e anos de serviço incondicional à pátria? É inadmissível, Caleb. Seu pai cumpriu seu trabalho, foi um herói a serviço da História. Por que ele teria de se arrepender? O que fez, só ele sabe e tem a mente tranquila.

— E você? Você também não tem do que se arrepender?

— Você percebe, Caleb? Você percebe que não é possível dizer que eu te amo quando você fala assim?

— Espero que Calia mate todos nós.

— Vá embora. Saia! A consulta terminou.

— E espero que ela mate vocês dois primeiro. Assim Cassandra e eu poderemos ver. Espero que as borboletas entrem na sua boca e a sufoquem, mamãe.

— Saia já daqui, merda!

— E que seja lento. Que tudo seja muito lento.

Ah, sim. Devo confessar que gostei de ver a mão de Caleb enfaixada. Bom, acho que gostei. A verdade é que não tive muito tempo para me regozijar com a visão dos dedos inchados, que significavam a vitória das minhas previsões sobre a incredulidade prática do meu irmão. Síndrome de Cassandra, uma maldição. E, ao mesmo tempo, uma vitória pírrica, reconheço, que, seja como for, honrava meu nome. Isto é, o nome da princesa troiana que me fora legado juntamente com a disposição, não tão afortunada, de poder antecipar o futuro e, em seguida, ninguém acreditar em uma única palavra minha. Claro que esse não é um dom divino nem mítico, eu não me endeuso, ok?, mas me concentro no fato de observar e estudar. Se fiz alguma coisa certa na vida, foi estudar e observar as reações dos outros, e minha família, por sua proximidade geográfica e genética, tem sido uma mina de ouro pronta para ser explorada.

Há satisfação quando me antecipo aos acontecimentos.

Cacassandra torna-se Cassandra, a princesa troiana, nome que se ajusta melhor a mim, tem dignidade e não me obriga a usar o prefixo merda.

Eu não soube da faixa na mão de Caleb até algumas horas depois que papai a esmagou com a sola da bota. É claro que eu tinha ouvido os gritos. Os gritos do meu irmãozinho mais novo. Algo terrível, viu? Até mesmo Calia, sempre indiferente e concentrada em seus desenhos, depois que ouviu os gritos de Caleb não conseguiu terminar o esboço de uma asa de borboleta-monarca. O anatomicamente perfeito do passado agora é um desleixo de linhas corridas, e Calia sabe disso, mas não se atreve a corrigir o traço. Isso se deve a um fato biológico: os gritos de um membro da nossa própria espécie desencadeiam instintos de fuga ou enfrentamento.

Esconder-nos ou atacar: eis a questão, querido Shakespeare.

Na verdade, para sermos precisos, ou, melhor dizendo, verossímeis, devo corrigir minha frase anterior: Caleb não gritava, o verbo exato é outro, uivava. E papai também. Não sei qual das duas metamorfoses era pior. Se a de Caleb, sempre hermético, que implorava, papai, está doendo, papai, por favor, ou a de papai, que respondia ritmicamente, não vai lhe sobrar nenhuma vontade de rir da minha cara, dissidente, da próxima vez vou arrancar suas unhas, inclusive a dos pés.

Aquela expressão de papai ficou tão visual que não consegui conter a ânsia de vômito.

Morder ou nos esconder: eis a questão, querido Shakespeare.

Então os uivos cessaram, e veio o silêncio que, se repararmos bem, era ainda pior, porque com os gritos pelo menos poderíamos localizar a fonte da dor, e agora, em total silêncio, era impossível definir onde estava o perigo.

Eu me consolei cheirando minha pele, alguma coisa continuava ali, o aroma de ferrugem velha da minha amada. Se algo vence a morte é o sexo, se alguma coisa supera os uivos é o cheiro do objeto amado. O cheiro estava começando a desaparecer, e eu me odiei, porque não conseguia reter o que mais queria neste mundo.

Quando a história da frustração for escrita, será preciso mencionar Cassandra e, muito provavelmente, Caleb também. Essa não é uma afirmação feita de maneira leviana, mas se baseia em fatos, viu? Sobre Caleb posso dizer que, no dia seguinte à noite dos uivos, esbarrei com ele na escada, ou seja, colidimos, um movimento nada premeditado, mas uma circunstância casual que nos fez olhar um para o outro. Em seus olhos, li a tragédia, a minúscula tragédia do anjo da morte. Agora que todos vivemos em confinamento, ele não pode fazer nada a não ser contemplar sua obra incompleta. Um anjo da morte que virou escultor com a mão enfaixada, sabe-se lá quem enfaixou. O que lhe restava: quase nada, apenas imaginar tempos melhores em que seria possível voltar ao mundo exterior, ao jardim de sempre. Ah, sim, uma minúscula tragédia que não poderia ser comparada ao meu drama pessoal, com raízes muito mais visíveis e uma natureza mais irreversível, pois, embora minha amada seja imóvel — e haverá quem diga que, se o amor for verdadeiro, ela vai esperar... ainda mais neste caso, em que o objeto de desejo precisa aguardar pelo sujeito —, pensemos bem, por acaso este seria um motivo para esquecer a dor, indago, por acaso existe algum motivo forte o suficiente para que o sujeito do amor, o único ente móvel da relação, encontre-se separado de seu objeto de saudade. Peço que leia a última frase com tons de pergunta ou surpresa desesperada e em seguida responda a si mesmo: pois, sim, existe um motivo, e ele é o meu pai, não ampliemos mais o debate, ok?, papai é o culpado.

Não precisei olhar duas vezes nos olhos do meu irmão para saber o que já havia deduzido algumas semanas antes: Caleb e eu tínhamos um inimigo em comum.

E esse inimigo em comum era o homem das medalhas, papai, que já não era gago, mas uma cópia cada vez mais fiel do Vovô Bigode.

Sabe-se bem que um homem que gagueja não merece a confiança de seu povo, mas, e isso eu sei muito bem, um homem de bigode também não.

Em nosso pequeno país chamado casa, a revolução tivera início.

Aquela prima cujas feições já começavam a desbotar de repente renasceu. Sonhos desesperados. Caleb acordava com a sensação de que o ar não era suficiente dentro de casa, que estavam todos presos, claustrofobia, o que aconteceria quando papai decidisse que era imprescindível consumir menos ar para ajudar no desenvolvimento do país chamado família, ou quando papai apontasse o dedo para aquela cabeça que sobrava e precisava ser eliminada para que o ar faltante se convertesse em sobrante, com a aprovação de todos e para o deleite de todos.

Nos sonhos, ou melhor, nos pesadelos de Caleb, Tunísia sempre aparecia escoltada por pastores-alemães, rottweilers ou dobermans, cães treinados para seguir o cheiro da fêmea no cio, isto é, o cheiro de qualquer fêmea, método viável no que diz respeito a estuprar as filhas dos inimigos do povo. De maneira recorrente, o sonho voltava, ou melhor, o pesadelo, com pequenas variações: Tunísia, escoltada pelos cães, carregava nos braços um embrulho, um embrulho que respirava. Os peitos de Tunísia, isto é, seus seios, haviam se tornado umas pelanquinhas magras, nada semelhante aos seios com os quais Caleb sonhara. Isso não era a coisa mais horrível, antes fosse, mas o embrulhinho que mamava naqueles seios, o embrulho que respirava, um bebê com cabeça de cachorro, algumas vezes um pastor-alemão, outras um rottweiler, um bebê esquisito cujas fraldas eram recortadas de antigas calcinhas de garotas: azuis, vermelhas, fúcsia. Se alguém perguntasse como era a aberração nos braços de Tunísia, seria necessário responder com sinceridade: confortável e protegida. Era quase um bichinho fofo que Tunísia oferecia a Caleb: ele não é seu, mas será um bom filho. Se você o adotar, ele vai cuidar da sua casa e lhe trazer o jornal e seus sapatos.

No mundo real, a dor na mão já começava a diminuir, ou pelo menos Caleb se convenceu disso. As noites eram difíceis. Os dedos inchados latejavam, e Caleb tentava se concentrar, nada havia se quebrado, e devia estar certo porque a mão estava se curando. As noites, porém, não eram difíceis por causa da dor, ou não somente por causa da dor, mas por causa das visitas de papai.

Entre as três e as cinco da manhã, papai se levantava e fazia café. O cheiro do café já era um sinal olfativo que entrava pelas frestas das portas. Indicava outra coisa, a necessidade de acordar. Alguns minutos depois, ouvia-se o grito:

— De pé!

Batia de porta em porta com as solas das botas:

— Não há virtude sem sacrifício! Não há país sem imolação!

No início, a voz de papai era apenas um ruído desnecessário do outro lado da porta. Agora não mais. A voz exigia obediência, e as portas se abriam. Caleb foi o primeiro a dar o exemplo. Então Cassandra. Até Calia, que carregava os lápis e papéis nas mãos, arregalava os olhos com um bocejo:

— Gratidão! Heroísmo! Senso de dever! — E então: — Em forma!

Papai estava vestido com seu uniforme militar, passado e sem rugas. Às vezes, a voz da mamãe podia ser ouvida a distância:

— Os traumas na juventude e na infância nascem da privação de sono.

— Venha você também, dissidente, sangue ruim. Vamos, calce os sapatos de salto e lembre-se de como é uma marcha guerrilheira! — gritava papai, e, imediatamente, a voz de mamãe desaparecia. — Dignidade! Melhor mortos do que derrotados! Tudo pelo país!

Parecia tragicômico. Mas não era. Cassandra havia tentado mostrar um sorriso irônico como protesto. Já estava cansada da guarda em frente à porta, dos slogans que se infiltravam nos grunhidos de papai:

— Blá-blá, por favor... são quatro da manhã!

Papai ergueu o chicote.

Quando falo de chicote, me refiro a látego, não simbólico ou imaginário, não aquele das ameaças do papai, mas um objeto físico, muito mais aterrorizante do que os sonhos recorrentes que Caleb tinha com Tunísia e cães estupradores.

A irmã mais velha não voltou a protestar.

— Chamada. Soldado Cassandra, a serviço da pátria!

A chamada era um protocolo iminente que deveria ser respondido com apenas uma palavra. As instruções haviam sido dadas de antemão. A chamada acontecia da mais velha para a mais nova, ou seja, da primogênita para a caçula, e, no centro, o menino com a mão enfaixada.

— Sim, sim, presente, acho. — Cassandra tentou parecer rebelde, mas sua voz era um feixe de medos, até tremia um pouco.

— Chamada. Soldado Caleb, a serviço da pátria!

— Presente.

— Chamada. Soldado Calia, a serviço da pátria!

— Calia não fala, papai. — Caleb tentou defender a irmã mais nova, que havia adquirido o costume recente de chupar um dos lápis de desenho como se fosse uma chupeta ou um dedo.

— Chamada. Soldado Calia, a serviço da pátria!

— Ela está presente. — Até mesmo Cassandra, sempre tão irônica, mostrava certa indignação. — Olhe para ela!

— Chamada. Soldado Calia, a serviço da pátria!

A voz de papai cobria-se de finas camadas de frustração, camadas brilhantes como as de gelo prestes a se quebrar, e a palavra gelo é mencionada aqui com todas as intenções revolucionárias, é debatido até se a palavra gelo existe, se não é uma mentira do inimigo, uma palavra inventada pelos inimigos deste país, que sempre procuram manchas dentro da luz e que, ao dizer gelo, certamente questionam o calor da pátria e seu eterno verão.

— Chamada. Soldado Calia, a serviço da pátria!

— Ela não sabe falar! — respondeu Caleb.

— Pois que aprenda logo. — O homem das medalhas se abaixou até que a cabeça estivesse no nível da de Calia. — E que substitua esses lapisinhos de desenho por um serviço melhor, um serviço mais digno de uma filha deste país. Entendido, soldado Calia?

Como resposta, a caçula chupou ainda mais o lápis.

Os pesadelos de Caleb pioraram na semana seguinte. Provavelmente foi por falta de sono, já que a chamada ocorria três vezes a cada noite, e havia pouca margem para tentar fechar os olhos e pensar em tempos melhores. Nos novos pesadelos de Caleb, Tunísia chupava um dedo, chupava um lápis, indistintamente chupava também a cabeça de seu bebê monstruoso, e de longe, das profundezas do abismo do sono, ouvia-se um som, chicote estalando, lápis se quebrando dentro da boca, Caleb não conseguia definir.

Cassandra desceu, pouco a pouco, os degraus que levavam ao porão. Era um dos poucos locais que papai ainda não controlava, ah, milagre, talvez porque o lugar carecesse de interesse imediato para ele. No porão somente se acumulavam espólios do passado: velhos álbuns de fotos, caixas de livros, alguns papéis comidos por traças, nem mesmo Caleb conseguira catalogar todo aquele mundo de reminiscências. No momento, Caleb acreditava que sua obra de arte ainda estava a salvo do alcance destrutivo de papai. Ele não era burro. Sabia que o tempo estava contra ele e contra sua obra. Se papai a encontrasse, todo o esforço de Caleb não teria sentido.

Todos os dias eram desafiadores. O menino tinha muito cuidado ao descer ao porão, para que os olhos de papai não o descobrissem, que desastre se isso acontecesse, que desastre se papai o punisse, subir e descer escadas de madrugada não era tarefa fácil, que desastre se papai chutasse o quebra-cabeça ou esmagasse a mão boa de Caleb, a outra, a sobrevivente, a mão não enfaixada.

Na escuridão do porão, Caleb não se atrevia a acender nenhuma luz. Acariciava a obra incompleta e procurava não pensar em Tunísia. Enquanto isso, sentia sob seus dedos os ossinhos de algum esquilo, ou as penas secas de um pardal, pois o quebra-cabeça não era uniforme nem pretendia ser: a arte é um processo, e mais ainda essa que trabalhava — é preciso dizer isso sem ironia ou piscadelas adjacentes — com natureza-morta. Caleb verificou os diferentes estados de decomposição da obra.

Foi então que ecoaram os passos de Cassandra.

Pesadelo. A escuridão transformava os sons. Caleb imaginou que aquele barulho trazia de volta as botas do papai, que ele finalmente havia descoberto o único lugar livre naquele país que era a casa, o único espaço onde Caleb podia se sentir confortável com sua condição de anjo da morte.

Não era segredo para ninguém: Cassandra e Caleb não eram amigos.

Irmãos, sim, mas aquela condição genética era um fardo hereditário contra o qual nada podia ser feito, e tanto Caleb quanto Cassandra aceitavam este trato: sangue do mesmo sangue, esperma do mesmo esperma e usuários do mesmo útero em épocas diferentes, um intervalo de dois anos entre o habitáculo materno ter sido utilizado primeiro por Cassandra e depois por Caleb.

Pela primeira vez na vida, o menino ficou aliviado ao ver, na escuridão do porão, a silhueta de Cassandra:

— Você já está pronto para negociar comigo? — perguntou a garota com um tom de falsa inocência. No entanto, teve o bom senso de evitar repetir o óbvio como "Eu te disse" ou "Que bom", frases com alguma efetividade e sem dúvida verdadeiras, mas que teriam ofendido Caleb.

Ele ainda não se acostumara à ideia de que havia falhado em sua apreciação da natureza de papai.

— Bem, sim, acho que sim — respondeu Caleb à silhueta com a voz da irmã mais velha. — Não tenho outra escolha, fode-pontes.

— Não temos outra escolha, mata-coelhos.

— Mas como? Talvez seja melhor esperar tudo passar, o verão acabar. Tem coisas malucas que são temporárias, né, é o que dizem por aí.

— Você realmente quer isso?

Caleb pensou em Tunísia e nos pesadelos com o bebê monstruoso, o bebê cara de cachorro.

— Além disso, confie em mim, ok? — acrescentou Cassandra. — Tenho experiência nesses assuntos.

— Em que assuntos?

— O Vovô Bigode era um especialista, um professor, ok? Ele me ensinou bem.

Cassandra suspirou. As paredes tinham ouvidos, todas as paredes tinham ouvidos, mas Caleb parecia não saber disso e, se soubesse, pouco se importava. Em que família o irmão fora criado? Ele estava tão ocupado esfolando coelhos que, em todos esses anos, nunca tinha ouvido falar de nada?

— Cala a boca e confia em mim – disse ela.

— Por que você sempre foi tão próxima do Vovô Bigode?

Perguntas e perguntas. Todas entediantes. Tão entediantes quanto Caleb. Cassandra suspirou de novo. Prometeu a si mesma ser paciente, mas suas melhores palavras foram:

— Fazer acordos com idiotas é mais fácil nas peças de Shakespeare, Cacaleb, não dificulte — disse, depois acrescentou: — O Vovô Bigode me amava, ok?, e eu o ajudei algumas vezes.

— Como você o ajudava?

— Ei, a curiosidade matou o gato... — A irmã se aproximou ainda mais de Caleb. — Vamos resumir o assunto de maneira eficiente, ok?, pois esta conversa não é um me--conte-sua-vida: quando os tios fizeram *aquilo*, ou tentaram fazer *aquilo*, eu avisei o Vovô Bigode.

Caleb se aproximou tanto da irmã mais velha que podia sentir o cheiro de seu cabelo e de suas axilas. Aquela proximidade física, em outro momento, lhe teria provocado náuseas. Agora ele só sentia constrangimento, algo indefinido que se estendia aos arredores da virilha, latejava e zumbia, tinha vida própria: lembranças do desfile de calcinhas coloridas da irmã e do desbotamento gradual do rosto de Tunísia. Sentiu de novo aquele odor: único, anti-humano se poderia dizer, embora às vezes, já se sabe, as palavras não reflitam a verdade dos sentidos. Quando se aproximou da irmã, Caleb tentou definir o que era aquele aroma, tentou registrá-lo, cunhá-lo em sua pituitária:

— Então papai sabia... *daquilo*? Estava de acordo com...?

Caleb não podia ver o rosto da irmã, mas teria jurado que, no escuro, a menina sorria:

— Ok, eu admito: talvez eu tenha tido sorte quando falei com o Vovô Bigode. Sempre fui boa em jogos de azar e naquele momento joguei todos eles. Quero que algo fique claro: eu não me arrependo, Caleb. O que eu disse está dito. Se foi mentira ou não, o que me importa?

— Bem... — Caleb, de repente, não sabia o que mais dizer. — Então foi você que... traiu o papai?

— Não gosto nada dessa palavra.

— Não brinca, Cassandra. É a única palavra que realmente serve para... para... falar sobre *isso*.

Ela encolheu os ombros e olhou ao redor do cômodo:

— Caleb, por favor, me diga que esse fedor de coelho morto não é realmente esse tipo de fedor. Me diga que você matou qualquer criatura, e não um coelho — murmurou de maneira súbita.

— Não, não, é um pardal...

Cassandra fez um som de nojo. Verdade: no escuro, todos os sons se tornam uma manifestação de náusea ou medo. Caleb não prestou atenção porque a dança dos sentidos tinha muitas formas e instrumentos, e o menino só estava preocupado com a proximidade da irmã, que, nas sombras, poderia ser Tunísia ou qualquer outra garota.

— Então temos um acordo — concluiu a garota. — Não temos outra escolha. Nós vamos destruí-lo.

— E ela também. Não se esqueça.

— Mamãe? — perguntou Cassandra. — Sério? Ok. Por mim, tudo bem. Achei que você e ela se dessem bem, não sei, melhor do que ela e eu.

— Ela sempre soube que papai era um maldito monstro.

— Ok, como quiser. Dá na mesma... — A irmã mais velha encolheu os ombros.

— Você acha que é verdade? Acha que ele poderia...?

— O quê?

A pergunta ficou no ar por alguns segundos antes de Caleb tentar continuar. Ele sussurrou algumas sílabas sem forma e se calou. Foi Cassandra quem disse:

— Você quer saber se o papai fez *coisas* para o Vovô Bigode. Não qualquer tipo de *coisas*, certo? Quer saber se papai era um...

— Um assassino... Um torturador — Caleb terminou a frase para a irmã.

— Não sei. Papai foi direto para o patamar mais alto. E, para chegar ao topo, é preciso ser duro. Isso realmente importa?

— Tunísia... — o irmão mais novo pronunciou aquele nome e ficou em silêncio.

— ... Tunísia está longe, essa é a verdade. Veja só. Somos dois heróis trágicos, você e eu. — Cassandra riu novamente. — Quem diria, Cacaleb? Temos algo em comum, mata-coelhos.

— Vamos ver, faça minha vontade, Cassandrinha. Sei que já está grande para essas bobagens. Olhe só para você. Que alta. Tem coxas de galinha e bunda gorda. Uma garotona! Sente-se aqui nos meus velhos ossos. Não se assuste. Venha. Tem coisas que a vida tem tirado de mim, Cassandrinha, mas ainda se pode olhar. Ainda se pode sentir. Qual é o seu cheiro?

— Água de violeta.

— Não. De jeito nenhum! Que perfume é esse?

— Ferrugem.

— Vamos ver, me deixe ver... pois sim. Que estranho. Agora venha aqui. Me cheire. O que sente?

— Nada.

— Exatamente. Esse é o cheiro da velhice: o vazio. Até certo ponto, confesso a você, é um alívio. Tem ideia do porquê?

— Poderia ser pior, eu acho.

— Exatamente! Garotona inteligente! Eu podia ter cheiro de culpa, de sangue, de poder. Ou de velho decrépito, de velho mijado, de velho babado. Não estou tão mal. Qual é o cheiro do seu papai, Cassandrinha? Você sabe que sou um avô curioso.

— Não sei.

— Mas você sabe outras coisas, não é mesmo? Vejo isso em seus olhos, garotona.

— Os tios vieram comer aqui no fim de semana. Papai conversou muito tempo com eles.

— Não me diga...

— Eles se trancaram.

— Onde?

— No escritório de papai, onde ele guarda as medalhas. Não podemos entrar lá. Ninguém pode entrar lá, exceto papai e agora os tios. É um lugar sagrado.

— ... um lugar secreto, então. Eu te disse que os tios não são exatamente amigos do seu Vovô Bigode? Eles provavelmente querem me machucar.

— Papai também quer te machucar?

— É uma pergunta? Você não tem certeza, Cassandrinha?

— Você vai me dar a cadeira?

— ... a cadeira que você ama.

— *Essa*.

— Seria esquisito destruir a carreira de seu papai só para ter *essa* cadeira.

— Eu a amo.

— Eu também amei coisas. Objetos. E ideias... O que papai falou com os tios?

— Não sei, eles estavam lá. Escondidos.

— Essa é a palavra? Escondidos?

— No lugar sagrado... Não sei de mais nada, ok? Você queria que eu lhe dissesse a verdade. Então aí está ela.

— Você é uma boa menina.

— Acho que sim.

— Então tudo está claro. Seu papai poderia ser um inimigo do povo. Poderia até ser um inimigo de sua família. Um inimigo seu, Cassandrinha. Você fez bem em contar ao seu Vovô Bigode.

— Você vai me dar a cadeira ou não?

— Sou um homem de palavra, Cassandrinha.

— O que vai acontecer com papai?

— Com ele? Vamos ver. Você não precisa se preocupar com isso. Não agora.

— Ele vai saber que eu...?

— Não há necessidade de todo esse drama, viu? Esta não é uma história trágica. Além disso, você apenas cumpriu com seu dever. Você é uma boa menina, Cassandra. Uma heroína. E sabe-se bem que toda história precisa de uma heroína. Eis você aqui. Você foi capaz de sentir o cheiro dos segredos do seu pai. Isso não é uma tarefa simples, viu? Tem seu mérito. É uma tarefa muito complexa, pela qual seu país agradece. Sim, Cassandra, embora nem sempre se diga, há segredos perigosos. E cheiros perigosos. Nem todo mundo é como nós. Nem todo mundo é tão simples. Nem todos cheiram a ferrugem ou vazio...

Papai era o encarregado das refeições. Uma vez por semana ele saía para o mundo exterior e voltava para casa sentindo-se um vencedor, um vencedor cujo rosto ainda era reconhecido nas ruas, mas que, pouco a pouco, convertia-se na silhueta desbotada do homem que um dia foi. Neste país, o esquecimento e a ingratidão são endêmicos, papai estava convencido dessa verdade. No entanto, a possibilidade de passar diante dos olhos dos vizinhos sem que ninguém lhe apontasse o dedo, a ideia de ser um cidadão comum começavam a lhe oferecer um pouco de calma. Antes era impossível sair na rua sem que o nome fosse pronunciado, não havia privacidade porque ele era um homem do povo, um homem com um passado nos ombros, esforço enorme que nem sempre é reconhecido. Que felicidade. Não era mais necessário fingir ou apertar o peito para fazer as medalhas parecerem mais dignas, agora ele podia encolher os ombros e a cintura por causa da lombalgia, e sentir-se velho, e usar tênis ou chinelos se quisesse, agora existia o mundo de infinitas possibilidades.

Não mais respirava medo ao seu redor. Nem respeito, porém nada é perfeito. Era uma troca equivalente. Um sacrifício por outro.

Papai nunca se vira obrigado a comprar comida para a família. Aquilo se dava como certo todos os dias de sua vida. Não importava a ele como o pão chegava à mesa. Simplesmente estava lá. Um mundo de privilégios graças ao General

Bigode, um mundo que, por desgraça, tinha visto seu fim. A nova realidade não era tão decepcionante, embora exigisse mais trabalho, o esforço de caminhar até o armazém próximo, o esforço de pedir meio quilo de carne e pechinchar o preço, o esforço da infinita possibilidade de encontrar os homens ou as mulheres de seu passado que compravam, como papai, no mesmo armazém e negociavam o mesmo quilo de carne no comércio clandestino. A única diferença entre esses homens e mulheres e papai era onde estiveram no interrogatório, se no lugar das perguntas ou no lugar das respostas, se no lugar das ordens ou no lugar da arma de choque e dos cães treinados. Era desconfortável, sim, uma situação que estava longe de ser perfeita. No entanto, papai sabia que todo bom soldado se acostumava com sua tarefa, não importava quão difícil fosse nem quanto tivesse de exigir, pechinchar ou suportar os olhares daqueles homens e mulheres estranhos que eram, potencialmente, velhos conhecidos de um passado que o homem das medalhas havia se esforçado para apagar da memória.

O mundo dos civis tinha regras próprias. Papai não as conhecia. Não fazia ideia de que nos armazéns havia filas para comprar comida, ou que cada família levava sua caderneta de racionamento. Ele teve de aprender tudo isso com os golpes da vida, sem reclamar. Papai apenas cerrava os dentes e acomodava os dedos dos pés em seus novos sapatos civis, mais espaçosos do que as botas militares, mas que de alguma forma não combinam bem com sua natureza. Aprendeu que as velhas medalhas não tinham nenhum peso nas filas para comprar alimentos, pelo menos não as suas, não as medalhas de um possível inimigo do povo. Era prático: parou de usá-las. As medalhas também eram um lembrete de quem fora papai. Elas o delatavam. Elas o marcavam. Em sua nova vida como civil, papai desejava ser mais um, um homem como todos, sem rosto, na fila de outros homens sem rosto, com cadernetas de alimentação racionada.

Um como todos.

No início, a hostilidade era mais evidente. Era sentida no ar. Papai não precisava ser tão perspicaz para se dar conta do ódio acumulado nas balanças do país, naquelas filas intermináveis onde as pessoas compartilhavam sua miséria umas com as outras, esperando ser abastecidas com bolinhos de peixe, caixas de ovos, biscoitos, suprimentos para crianças menores de seis anos. Todos sentiam papai como um intruso, um homem vindo de outra galáxia, de outra dimensão, a dimensão do poder, que os homens comuns não conseguiam entender conscientemente, mas temiam.

Também temiam papai, isto é, o que papai representava, o que ele tinha sido há alguns anos. As *coisas* que ele havia feito.

Esquecer não era simples nem um processo que se dá do dia para a noite. Aquelas pessoas lembravam que papai não era apenas o homem que gaguejava, talvez até lembrassem que era a voz dele que, nas celas de tortura, perguntava por endereços, nomes, por qualquer informação que permitisse deixar claro quem era inimigo do povo e quem era amigo. Os sobreviventes diziam dele: é um homem que arrasta as sílabas, tem medalhas no peito e sempre grita. Essa era uma identificação bastante geral para ser verossímil, mas você sabe como é a imaginação do povo, fértil e cavalgante. Se alguém da fila de alimentos racionados tivesse ousado perguntar a ele como você dorme à noite, seu filho da puta, papai teria respondido com calma, durmo com dois travesseiros embaixo da cabeça, na escuridão completa, como se dorme nos calabouços da alma; e, se alguém insistisse, e como você pode viver depois de tudo que fez, papai responderia e o que fiz além de servir meu povo e meu General, defender as conquistas deste país, custasse o que custasse, eu sou um homem prático, alguém que seguiu as ordens que lhe foram dadas na ocasião, e ordens por acaso se questionam, pergunto, não, nos cabe apenas cumpri-las, minhas mãos não são as de um açougueiro.

E não eram. De fato, as mãos de papai nunca ficaram manchadas de sangue nem de outros fluidos corporais de origem suspeita, esses fluidos que o corpo expele por todos os orifícios possíveis, em uma evacuação semelhante à da fuga, pois, se o corpo dos presos não podia escapar, pelo menos tentava, parecia querer se virar e escapar do laboratório de interrogação sob a forma líquida, gasosa ou sólida, não importava. Não importava porque papai nunca havia tocado em um prisioneiro. De fato, o laboratório de interrogação e seus métodos o enojavam um pouco, eram um mal necessário, uma ordem que não era questionada, e, se um inimigo do povo estava na frente dele, que se tirem as unhas do inimigo, que encostem uma arma de choque nas bolas do inimigo, que se arranquem os dentes do inimigo; e, se por acaso fosse uma inimiga, bem, era preciso esquecer que ela era mulher, ela genericamente se tornava uma coisa, queimaduras de cigarros nos seios, inimiga, estupro coletivo, inimiga, é assim que você gosta, bem duro, sua puta gostosa. Os gritos no laboratório de interrogação eram normais, não tiravam o sono de papai, ele mandava: mais chochoque ou leve ela de volta ao popoço, ou vamos brincar de submarino, seu pupuputo, e ele ia dormir em seu escritório, cochilar um pouquinho até que alguém batesse na porta com notícias, o passarinho cantou, se tivesse falado, o passarinho está avariado, se a tortura tinha ido longe demais, a passarinha não trina, as mulheres eram as piores, aquelas putas eram as piores, enfia a cabeça dela na própria merda, vamos ver se a cacadelinha descobre quem é o dono, cantava papai no lugar dele, adormecia de novo, até que as notícias chegassem.

Era um homem prático.

Tinha um bom sono.

E um apetite excelente.

Que pena: na nova vida de papai, os alimentos eram racionados.

Nas filas intermináveis em que papai esperava sua vez, alguns olhares caíam sobre ele. No início, faziam isso com medo. Aí se acostumaram. Os olhares se tornaram incrédulos. Era impossível que aquele homem com chinelos e uma evidente dor na coluna fosse aquele outro homem que aparecia na televisão ou o pesadelo que contavam os sobreviventes do laboratório onde foram interrogados. Os olhos estavam equivocados. Convenciam-se disso.

A manhã fora rápida e fecunda. Papai estava feliz. Teve de esperar um pouco na fila e conseguiu alguns ovos, até mesmo duas garrafas de leite, o pão não era o ideal, mas nada é perfeito neste mundo, ele se consolou, depois voltou para casa arrastando os pés, pelo caminho de sempre. Assobiava uma melodia, que manhã tão bonita, que calor tão esplêndido, pensava quando aquela mulher cruzou seu caminho, era preciso ver os olhos da mulher, que horror de olhos:

— Você não se lembra de mim — disse ela. — Mas eu me lembro perfeitamente de você.

Papai tentou evitar aquele olhar, quis continuar seu caminho, mas a mulher cruzou de novo com ele na calçada:

— Filho da puta.

— Com licença. — Na garganta de papai, as sílabas começavam a travar. — Eu nanão a coconheço. Es... es... está me confundindo com alguém.

A mulher deixou papai continuar seu caminho e, imediatamente, o seguiu dois passos atrás.

— Me deixe em paz. Vou chamar as au... as au... as autoridades!

Um cuspe. Na calçada. Entre os pés de papai. O segundo cuspe foi mais certeiro. A mulher se concentrou ou conseguiu mirar, e a saliva banhou o dedão do pé esquerdo de papai. Mulher nojenta com aqueles olhos loucos. Cuspe nojento, que também pesava.

Decidiu ignorá-la:

— In... ci... civilizada — disse em voz baixa.

Tinha certeza: era uma daquelas cadelinhas, uma daquelas passarinhas que se recusavam a cantar mesmo estando com merda até a garganta. Se naquele momento papai tivesse uma arma de choque, se papai tivesse uma latrina portátil para nela enfiar a cabeça da passarinha rebelde, não hesitaria nem um segundo em fazê-lo.

Caminhou de volta a casa com medo.

A sensação de medo era horrível.

A mulher não o havia seguido, papai olhou com atenção cada rosto e cada rua, deu voltas, traçou um novo caminho para chegar em casa, tudo para que aquela mulher de olhos loucos, a passarinha cuspidora, não conseguisse localizá-lo. Mas a dúvida ainda vivia dentro de sua cabeça. A dúvida era terrível. E se, por acaso, a passarinha já conhecesse seu paradeiro, e se, por acaso, a passarinha não fosse uma cuspidora inofensiva, e se, da próxima vez, ele a encontrasse no parque, na calçada em frente à casa, na longa fila de alimentos racionados, e se ela fosse sua vizinha e não cuspisse nos pés, mas na cara, e se ela não cuspisse na cara, mas atirasse na cabeça.

Papai tentou abrir a porta. A mão tremia. As chaves não apareciam.

Foi Caleb quem abriu a porta ao ouvir seu chamado.

— Há inimigos em todas as partes — disse papai ao cruzar a porta. — Pessoas incivilizadas.

Caleb encolheu os ombros.

— Você comprou biscoitos? — perguntou.

Era uma pergunta inofensiva, mas papai sentiu uma coceira na palma da mão:

— Isso é tudo que você vai dizer, papapassarinho?

— Tudo bem. Eu não queria biscoitos mesmo.

Caleb se afastou a tempo. Papai caminhou até o centro da sala e tirou os chinelos. O rastro de saliva, agora ficando mais fraco, ainda brilhava no dedão do pé.

— Onde está Cassandra? — perguntou papai.

— No quarto dela — respondeu Caleb.

Aquela passarinha fode-pontes estava bem longe de seu alcance. Papai não estava com vontade de subir a escada, ainda menos com a lombalgia. Não estava com vontade de lidar com os gritos de Cacassandra nem com suas palavras dramáticas. Aquela passarinha filha da puta. Ele olhou para Caleb e fez as contas. Alguém teria de pagar pelo cuspe. Não importa quem, se a mulher desconhecida na rua ou se aqueles passarinhos bastardos, sangue do seu sangue, os comedores de biscoito.

Com passos firmes, ele se aproximou de Caleb:

— Venha cá — sussurrou, mas o filho se afastou ainda mais.

— Não.

— Venha cá agora, é uma ordem.

Papai andava sem olhar para baixo.

Bem no centro da sala estava Calia, com seus gizes de cera, seus lápis, seus pincéis.

Papai tropeçou na menina, derramou um pouco de aquarela nas folhas cheias de borboletas-monarcas. O pior não foi isso, mas um de seus pés, coincidentemente o que havia sido atingido pelo cuspe da mulher, pisou na ponta afiada de um lápis.

Quase não doeu, mas foi motivo suficiente.

Foi motivo suficiente para agarrar Calia pelos cabelos e gritar em seu ouvido:

— Passarinha vadia, cante ou eu quebro seu bico!

E a menina cantou, à sua maneira, uma música que se traduzia em uivos, e papai puxou mais o cabelo, esticou-o tanto que parecia prestes a se desprender do crânio:

— Lápis por todas as partes, filha da puta! Vou enfiar sua cabeça no vaso sanitário e cagar em você!

Repetidas vezes:

— Passarinha vadia, passarinha vadia!

Caleb deu um passo para trás, tropeçou em um degrau da escada, quis subir, trancar-se no quarto, esquecer tudo, mas os uivos de Calia eram qualquer coisa menos o canto de um pássaro. Aquela menina silenciosa, aquela menina sem interesse no mundo parecia uma boneca prestes a se quebrar. De algum lugar, de todos os lugares, novos gritos começaram a chegar, os deles, os de Cassandra, os de alguém, misturados com os gritos da menina dos desenhos, da menina das borboletas, e teria sido perfeito se justamente naquele momento Calia falasse, como mamãe havia profetizado, ou que as borboletas se erguessem da página em branco e resgatassem sua criadora, que viessem como uma nuvem apocalíptica e cobrissem papai, que fossem borboletas-piranha, que o despedaçassem, que deixassem com os ossos expostos aquele filho da puta, que deus desse um nó na voz de Calia e gritasse uma ordem destrutiva, uma inundação universal, uma pandemia, chegou a hora de todos morrermos. Essa solução milagrosa teria libertado Calia das mãos de papai, mas coisas assim não acontecem nem em romances, nem na vida real. É preciso dizer: as borboletas continuaram mortas na folha em branco, planas e artificiais, deus não falou, tampouco Calia, embora o idioma dos uivos seja uma língua morta que infelizmente todos ainda entendemos.

Bundas de macaco. Antenas de formiga. Olhos de aranha. O pelo na tromba do elefante. O desenho fractal das asas de uma borboleta.

Na extensão do crânio, naquele vale da morte onde só nascem ideias e fios de cabelo, surge um ardor terrível. O crânio é um habitáculo frágil e sagrado. Quem profana a urna onde Calia repousa e pinta, quem é o violador do campo-santo. A reação é lógica, a reação é animal, uma lei do mundo biológico, a maior dor provocada, os piores gritos, e mais tarde os gritos transformados em uivos, apenas falta esperar que a mão que viola o crânio reforce o estirão.

Dói igual quando a penteiam, quando tentam penteá--la. Correção: não dói igual, a sensação não é agradável, arde o crânio, os dentes do pente não podem penetrar no habitáculo sagrado de Calia, mas ao menos não se respira esse ódio, não se sente cheiro de escarro seco e muito menos cheiro de grito.

Bundas de macaco. Antenas de formiga. Olhos de aranha. O pelo na tromba do elefante. O desenho fractal das asas de uma borboleta.

Entre um e outro uivo, Calia presta atenção nos pequenos detalhes: o suor escorre da sua testa, a cabeça queima, há uma escada indo para alguma parte, a temperatura subiu, e é por isso que as moscas se instalam em todos os lugares. As moscas são animais inteligentes que têm seu próprio governo sobre coisas vivas e mortas, não há lugar neste mundo que as moscas não controlem, nem pele, nem superfície, nem natureza. A tirania das moscas é uma filosofia de vida que Calia aprendera muito bem, por isso as deixa pousar onde quiserem, nas folhas em branco e nas folhas coloridas, nos desenhos da fase elefante ou da fase macaco ou da fase borboleta-monarca.

De fato, as moscas pousam no uivo de Calia, e a menina as deixa, é preciso se habituar à tirania. Calia é a mais inteligente da família, ela sabe que as moscas apreciam seu esforço de não as espantar mesmo que a pele coce e as patinhas sujas das moscas andem, para cima e para baixo, no caminho dos poros. Calia não é como os outros, não é como o homem que a sacode, por exemplo. O homem que a sacode odeia moscas, ele as espanta para longe das mãos, do peito, especialmente do rosto, elas incomodam mais quando pousam no rosto, o homem que sacode Calia não suporta nenhuma outra tirania além da dele. Embora à primeira vista pareça que não, a verdade é que as moscas sabem disso, farejam e sentem, e isso explica por que o homem que sacode Calia é o repositório de todas as cagadas das moscas, insetos vingativos e persistentes quando assim se propõem.

Bundas de macaco. Antenas de formiga. Olhos de aranha. O pelo na tromba do elefante. O desenho fractal das asas de uma borboleta.

— Há quanto tempo estamos casados?

— Há uma eternidade.

— Mas há quanto exatamente...?

— Não sei. Quantos anos tem Cassandra? Um pouco mais.

— E você nunca foi franco comigo.

— O que isso tem a ver com a idade de Cassandra?

— Você nunca me contou a verdade.

— Não... mas te comprei sapatos de salto. Era isso que você queria no começo. Você me pedia o tempo todo. Eu não te agradei?

— Mas agora eu quero saber. Quando nos conhecemos, você trabalhava naquele laboratório...

— Um laboratório de perguntas, sim, e de respostas.

— O que você fazia lá?

— Seguia ordens, como sempre. Isso é ser um militar. Não se deixa de ser militar em nenhum lugar.

— Nem mesmo aqui? Nem em casa?

— Correto.

— Nem mesmo quando fazíamos amor?

— Correto. Era isso que você queria saber? Nada mais?

— Relativamente.

— A curiosidade não é relativamente boa nem relativamente má. A curiosidade é infame.

— Ouvi coisas por aí.

— Não diga.

— Alguma vez já machucou alguém?

— Essa é uma pergunta ambígua. Acredite em mim, pois conheço perguntas e respostas, ambíguas e concretas. Na verdade, conheço perguntas e respostas de todos os tipos. Já ouvi muitas.

— Lá dentro... no laboratório?

— E na vida real.

— O que fazia com os prisioneiros?

— Prisioneiros também é uma palavra ambígua, você esqueceu? A expressão correta é inimigos do povo. Além disso, fale baixo... As crianças...

— As crianças estão dormindo. Elas têm sono pesado.

— Elas têm um sono sagrado.

— Existe algo sagrado no que fazia naquele laboratório?

— O que você acha? Olhe pras minhas mãos. Está vendo bem?

— Sim.

— Há escuridão nelas?

— Fale baixo... as crianças...

— ... elas terão orgulho do pai um dia. Tudo o que fiz foi por vocês. Por você e por elas. E por seus sapatos de salto.

— ... por meus sapatos de salto?

— Você é uma mulher que gosta de sapatos de salto alto e grandes sonhos. Eu te dei tudo isso. Então não faça mais perguntas. Você se preocupa com bobagens. Pense no seu sapato novo.

— Mas...

— Não tem mas nem meio mas. Ou prefere ficar às moscas?

— Então quero vermelhos.

— Sapatos de salto vermelhos?

— Sim, e com solas pretas. São elegantes.

— Viu como nos entendemos? Temos um bom casamento. Um exemplo de felicidade conjugal. Não falemos de laboratórios. Não falemos de inimigos do povo. A cama é para transar ou para dormir, não para fazer perguntas.

Os saltos de mamãe ecoam por toda a casa. Ela começou a usá-los até mesmo de madrugada ou para ir ao banheiro. Os filhos não a veem há muito tempo, mas ainda ouvem o som de seus passos. Tudo o que se ouve na casa é o som de passos subindo e descendo as escadas. Repetição e monotonia. É a ideia mais próxima da solidão. Cassandra, Caleb e Calia ficam quietos em seus quartos. Restrição. E o que é restrição senão um conjunto de regras que foram colocadas bem ali, nas portas, como o efeito sobrenatural que o alho tem sobre os vampiros? Ninguém sai e ninguém entra. Na verdade, papai nem sequer as trancou. Sabe que não precisa disso. Para que é necessária uma restrição ou uma chave se o medo mantém as crianças dentro, no refúgio, na jaula dos quartos, incomunicáveis, o medo é o elemento sobrenatural que as contém.

Todas as respirações da casa têm um som particular. As crianças já são capazes de reconhecer quando o pai inspira ou a mãe boceja. Seus sentidos foram aguçados. Agora elas têm um olfato melhor e uma audição mais fina. Qualquer vibração no chão as acorda. Podem ser os saltos da mãe ou as botas do pai, ou a chamada, ou a hora de acender as luzes dos quartos. É difícil dormir assim, não há dia, não há noite, apenas uma progressão de respirações: a de Cassandra é pesada, como se lhe faltasse o ar; a de Calia apenas se sente, é mais um sussurro que escapa pelo dedo que sempre está na boca; a de Caleb é inteligível; a da mamãe é de um salto atravessado na garganta; a de papai é um soluço, uma marcha militar, a respiração do medo.

Nos últimos dias, as crianças começaram a notar, inclusive, a respiração das moscas. Soa como assobios, uma canção divertida que Cassandra, Caleb e Calia sussurram juntos como se fosse um.

As moscas juraram vingança.

Nada permanece impune sob os olhos delas.

A mão que se levantou contra o cabelo de Calia, que amassou suas folhas repletas de borboletas, não ficará impune. O pé que esmagou os dedos de Caleb não ficará impune. A voz que fez perguntas inúteis durante anos e analisou crianças como se fossem cobaias em um laboratório não ficará impune. A espécie humana que habita esta casa, ou melhor, a espécie inumana, não ficará impune. As moscas silvam, e os meninos acreditam em suas promessas, esperam, esperam no escuro, sem dias nem noites.

Papai se levanta a qualquer hora. Acende as luzes. Faz com que todos saiam para o corredor usando roupas íntimas. Calia tem uma calçola de pompom que mais parece uma fralda de bebê. Ela está mijada. Ou cagada. Há cheiro de merda, cheiro de dentes que não são escovados há tempos. Cassandra e suas calcinhas coloridas. Caleb, tão magro que os ossos sobressaem através da cueca boxer, parece um quebra-cabeça, uma obra de arte construída com pedaços de outros cadáveres. Papai olha para eles. Cassandra boceja. E isso é um erro. Golpe abafado nas costelas. Cassandra se encolhe. As moscas silvam sua canção, e a canção fala da necessidade de ser paciente. Nada ficará impune, mas esperar pela vingança é um exercício difícil.

Papai faz perguntas de rotina. Perguntas nas quais não é preciso prestar atenção porque são sempre as mesmas. Os saltos da mamãe ecoam na cozinha. Nunca chega perto do núcleo do conflito porque, neste país que é a casa, a mãe sabe e a mãe se cala. É o que ela sempre fez, antes e agora.

Este é o único momento em que as crianças podem se ver.

Cassandra olha para Caleb, e os dois contemplam a pequena Calia, que parece ainda menor, como se tivesse encolhido nas últimas horas, como se tivesse parado de crescer. Calia não responde aos olhares porque vive em seu próprio mundo. Papai dá uma nova ordem. As crianças voltam para seus quartos. Lá fora começa a clarear, mas, para Cassandra, Caleb e Calia, ainda é noite, estão sonolentos e dormem, ainda é a noite branca, a noite em que nada existe, somente o desejo de não existir.

A vingança que as moscas lhes prometeram é a única coisa que mantém as crianças atentas, com os ouvidos próximos às portas, que continuam e continuarão destrancadas.

Lá fora, papai caminha, dá ordens a soldados invisíveis, interroga pessoas invisíveis e cospe. Não há som mais alto do que o de um cuspe ao atingir o chão de madeira.

— Cantem, passarinhos. Cala a boca, puta! — grita.

E, então, quando acreditamos que já se fez silêncio:

— À queima-roupa.

De maneira muito distorcida e silenciosa, Calia também é a heroína deste romance. À primeira vista, e ainda que não diga uma única palavra, pode-se ver quanto ela despreza o mundo inteiro, embora, na escala de ressentimentos de Calia, papai tenha se esforçado, tenha se empenhado, e agora ele é o número um, o vencedor do rancor da pequena menina gênio.

Decerto, jamais me esquecerei do momento em que o ódio de Calia pelo papai tomou forma. Justamente naquele dia, eu tinha encontrado um pouco de privacidade no meio deste cárcere doméstico para me masturbar. Estou me referindo, concreta e verossimilmente, ao dia em que papai quase arrancou o cabelo da minha irmã, evento que decidi chamar, na privacidade desta jaula e sempre em voz muito baixa, tendo em vista que as paredes têm ouvidos, de a "manhã dos uivos".

Sabe-se como o drama teve início. Calia renasceu das cinzas como uma fênix meio careca, papai lhe arrancou algumas mechas, mas, mesmo depenada e tudo o mais, dela ainda eram esperadas grandes coisas. Até mamãe se aproximou do corredor, os olhos ansiosos como sempre, com a ilusão ou o temor — a esta altura da obra é difícil dizer qual a real emoção que impulsiona as ações de mamãe — de que Calia fizesse o milagre.

Não me refiro ao grotesco e repetido milagre de reproduzir alimentos ou transmutar cobre em ouro, mas, sim, *àquele* das borboletas. Ah, sim. Em outras palavras, todos esperávamos que Calia concretizasse o mito da família, que suas borboletas-monarcas voassem da página que as criara ou que pelo menos Calia falasse com a voz de deus, voz que eu imaginava ser semelhante à do Vovô Bigode.

Em seguida, a profecia continuaria seu curso. Uma nuvem de borboletas-monarcas nos levantaria pelos ares, o que seria o equivalente a um exército de arcanjos, mas com asas coloridas. Talvez então a morte nos olhasse nos olhos, ok?, como uma borboleta grande e muito gorda, ditaria seu veredicto porque no peso da humanidade os bons sobem e os maus descem, ou algo assim, muito blá-blá-blá, mas simples e poético. Em suma, todos morreríamos. Era quase como o fim de uma tragédia shakespeariana: *Oh! Sê bem-vinda, borboleta! Tua bainha é aqui.* Eu havia praticado minha última frase e até ensaiado um ou outro olhar nostálgico para aquele ponto do horizonte onde, não muito distante, minha amada me esperava imóvel.

Mas, bem, isso era pedir demais. Sonhos nunca se realizam, é a lei, nem mesmo os mitos familiares ou as lendas de morte coletiva que nossa mãe havia se encarregado de nos incutir desde o primeiro dia de nossa vida. As borboletas de Calia continuaram sendo desenhos, e ela prosseguiu com seus uivos, e se alguma coisa voou sobre a cabeça de todos foram as moscas. Já se sabe que elas são as rainhas deste país, o que mais se poderia esperar?

Foi decepcionante. Só para deixar registrado.

Ah, sim. A manhã dos uivos terminou tão repentinamente quanto começara. Papai soltou Calia, isto é, o cabelo de Calia, ficou com um punhado de fios na mão, como um troféu, aqueles pelinhos dentro do punho fechado pareciam anacrônicos, a menina voltou a sentar-se no chão, pegou uma folha em branco e engatinhou até encontrar um lápis ou giz de cera. Imediatamente voltou a desenhar, como se a manhã dos uivos nunca tivesse acontecido.

Nenhuma nova ordem de papai foi necessária. Voltei para o meu quarto, deitei na cama e fechei os olhos. Tentei pensar na minha amada. Tentei me tocar e sentir o aroma de ferrugem na minha pele, aquele cheiro que cada vez mais ia sumindo. Lá estava eu, heroica, trágica, insignificante, sem outro odor que não fosse o meu, uma Cassandra vulgar, sem morte nem vida, sem uma irmã que tivesse a voz de deus, sem borboletas, sem possibilidade de ir a nenhum outro lugar.

Sabe-se: Calia nunca fora convencional. Sua chegada ao mundo do heroico não seria comum, muito menos óbvia.

Foi assim que ocorreu.

A manhã dos uivos já ia desaparecendo de minhas memórias. Calia continuava com seus desenhos, com sua tarefa diária da perfeição. Nada fora do comum. No chão da casa, com suas cores, seus gizes de cera e seus lápis, Calia ainda era a pequena gênia, porém não mais uma criança mágica, rebaixada agora da categoria divina. Ah, sim. Normalmente, minha irmã não atraía minha atenção. Ela existia. Isso era tudo. Às vezes nos olhava com ódio ou indiferença, provavelmente indiferença, ou assim parecia. O mundo das folhas em branco era seu paraíso e, se você preferir, também uma prisão imaculada da qual minha irmã não podia ou não queria escapar. Naquele dia espiei por cima de seu ombro. Na realidade, queria ver se a mecha de cabelo arrancada por papai se apresentava em sua cabeça como a tonsura de um padre ou algum tipo de sacrifício ritual. A curiosidade me levou a esse lugar. O crânio da minha irmã parecia macio, sem marcas. Foi então que me ocorreu observar os desenhos de Calia, aquelas borboletas-monarcas tão lindas. Agora que minha irmã não era mais milagrosa nem porta-voz de deus, talvez eu pudesse roubar dela algumas daquelas folhas com pequenas borboletas, a verdade é que era boa nisso. Para algum propósito artesanal ou decorativo, suas borboletas poderiam alegrar um pouco a escuridão do meu quarto e a escuridão anódina do meu cheiro.

— Vejamos, Calia... — disse eu, que mau hábito insistir em falar com alguém que não tem vontade de responder, mas, digam o que quiserem, há protocolos que não podem ser violados.

Lá estavam as folhas, não mais em branco.

Não havia borboletas desenhadas nelas. Só para deixar registrado.

Nada de bundas de macaco com veias, nada de elefantes, nada de aranhas.

Seus traços eram, no entanto, anatomicamente precisos. Mais ainda do que antes.

Nas folhas estavam as moscas. Ah, sim. E pareciam se mover. Calia traçou o desenho das asas, das patinhas com ventosas, e então levantou os olhos.

Olhou para mim e não disse nada, nem seria necessário escutar porque outro som ocupava o cômodo, e o som vinha da folha coberta de desenhos de moscas.

As moscas zumbiam. Uma delas, a que Calia terminava de pintar bem naquele momento, sacudiu a tinta das asas e alçou voo.

Sentaram-se à mesa. A comida era asquerosa. Papai a preparara. Papai nunca tinha cozinhado antes, mas agora era ele quem mandava em tudo, quem decidia se comíamos ou não e quais seriam as porções de alimento para cada um, de acordo com o comportamento do dia:

— Devemos economizar. A precariedade é um exercício de paciência — sussurrou diante de seu prato vazio — e um bom treinamento para a vida.

De todos, apenas mamãe tinha comida no prato: uma verdura de origem desconhecida que parecia suspeita, mas que mamãe se apressou em mastigar sem reclamar.

Ninguém pensava se a comida era boa ou ruim, a fome era desesperadora. Ver a boca de mamãe, que se abria e fechava em torno daquela verdura sem forma, dava cãibras no estômago. Era o segundo dia em que nem Cassandra, nem Caleb, nem Calia recebiam alimento.

Calia havia começado a lamber e mastigar os gizes de cera. Sua boca estava sempre colorida.

— Estou com fome, papai. — A voz de Cassandra era fraca. Seu rosto começava a delinear-se como o retrato de uma caveira.

Papai ergueu os olhos e apontou para o próprio prato:

— Eu também e não estou me queixando.

Caleb teve vontade de pular na mesa, o garfo vazio na mão, o prato vazio na mão, e enfiar o garfo na cabeça de papai, quebrar o prato no crânio dele. A imagem logo desapareceu. Ele suspirou e se concentrou na boca de mamãe, em sua deglutição lenta e sem forma, no vegetal que começava a desaparecer. Caleb imaginou que, por um segundo, ele era ela, que ele era mamãe, e quase sentiu a dor excruciante causada pelos sapatos de salto, os dedos esmagados pela pressão dos sapatos, mas também o alívio da comida descendo pelo sistema digestório, não importava mais se era vegetal ou carne crua. O menino prendeu a respiração.

— Ainda sinto esse cheiro podre — os sussurros de papai eram os de um lagarto — por toda a casa.

Papai cutucou o bigode e levou o garfo vazio à boca.

— Pensar em comida sacia tanto quanto mastigá-la — disse ele um momento depois. — Não é mesmo, Cassandra?

— Acho que sim — respondeu a irmã mais velha.

— Sabe de onde vem esse cheiro? — A pergunta de papai foi lançada no ar, mas seus olhos estavam voltados diretamente para a boca de quem mastigava a verdura.

— Não — mentiu mamãe. Ela não delatou o quebra-cabeça inacabado.

— ... um animal morto... — insistiu papai —, ele transmite doenças.

— Deve ser um rato, ou um esquilo, algo bem pequeno. Já quase desapareceu. — Caleb levou, obedientemente, o garfo vazio à boca.

— Muito bem, Caleb. — Ao vê-lo fazer isso, papai o recompensou com um sorriso. — Muito bem, bom menino. Você não acha que o papai é o melhor cozinheiro do mundo?

Ele não esperou para ouvir a resposta de Caleb. Em vez disso, jogou um pedaço de algo parecido com uma beterraba no prato do menino. Caleb sentiu-se agradecido. Aquela era uma recompensa pela obediência. Como um cachorro sobre um osso, ele mordeu aquela coisa, ele a desfez diante dos olhos famintos de Cassandra e Calia, até mesmo diante dos olhos famintos de papai.

— Vovô Bigode...? O papai é um homem importante?

— Que pergunta tão interessante, Cassandrinha.

— Se ele trabalha para você, deve ser um homem importante, porque todo mundo tem medo de você.

— Sério? De mim?

— Mas eu não tenho.

— Claro, você não. Por que deveria ter medo de mim? Eu te dou bonecas de presente.

— As pessoas também têm medo do papai?

— Essa é uma pergunta capciosa. Depende, Cassandrinha. O medo também é uma pergunta capciosa.

— Não estou entendendo.

— Vejamos, então: seu papai te assusta?

— Não. Não sei. Às vezes.

— Por quê?

— Ele sempre chega tarde. No que o papai trabalha?

— Ah, essa é outra pergunta interessante.

— Sempre que diz "essa é uma pergunta interessante", você não me responde.

— Verdade? Pois não tinha percebido... Você quer saber o que ele faz? Seu papai trabalha em um túnel. Não é exatamente um túnel, mas parece: um lugar escuro e ao mesmo tempo confortável, pelo menos para o seu papai, que tem um escritório com uma escrivaninha enorme cheia de papéis, cadeiras, três refeições e dois lanches. O dia inteiro ele assina papéis e às vezes caminha pelo túnel. Alguma vez ele te contou que dentro do túnel há umas casinhas?

— Não.

— Casinhas de formigas, e estão cheias de gente.

— De gente, não de formigas?

— Nem pensar, as formigas são insetos muito disciplinados, não ficariam trancadas num lugar assim.

— Então, meu papai é quem cuida dessas pessoas?

— Às vezes cuida delas, às vezes as castiga, às vezes as assusta, às vezes as machuca... depende, Cassandrinha.

— Por que as assusta?

— Ah, essa é outra pergunta interessante.

— Acredito que as assusta porque grita com elas.

— Exatamente. Ele grita um pouco com elas e às vezes as repreende. Tenho certeza de que você sabe o significado dessa palavra.

— Não. Papai nunca me castiga.

— Porque você é uma boa menina, uma formiguinha obediente. Mas essas pessoas, nesses túneis... às vezes precisam ser subjugadas. Elas não aprenderam bem. Seu papai as ensina.

— Então é como uma escola.

— ... exatamente. Uma escola para formiguinhas indisciplinadas.

— O papai não gosta de formigas.

— Imagine o desconforto do coitado, ninguém disse que o trabalho dele é fácil.

— Se alguém me perguntar, posso dizer que meu pai é professor?

— Um professor de formiguinhas? Não, é melhor dizer outra coisa.

— Como o quê?

— Pois não sei. Talvez seu papai seja um... um buscador da verdade. É preciso ser fiel a essa ideia.

— Qual ideia?

— A verdade deve ser alcançada, custe o que custar.

— Não estou entendendo.

— Também não é necessário, Cassandrinha.

— Vovô Bigode...?

— Não me diga, deixe-me adivinhar: aí vem outra pergunta.

— Nesses túneis onde vivem essas pessoas... essas pessoas más... o sol nasce?

— Ficam embaixo da terra, Cassandrinha. Não há sol subterrâneo.

— Então como elas podem ver?

— Elas se acostumam. O olho humano se adapta à escuridão. Além disso, o medo é um sexto sentido.

— Um sexto o quê...?

— Tato, visão, paladar, olfato, audição... e medo. Não sabia?

— Não.

— Lá embaixo não tem sol, Cassandrinha, mas tampouco é necessário. Veja só, hoje você aprendeu algo novo. Está orgulhosa do seu papai?

— Acredito que sim.

É preciso ser muito mulher para usar sapatos de salto. É preciso suportar muita coisa. Para usar sapatos de salto, deve-se ser santa ou revolucionária, não um caminho intermediário. É preciso ter ovários para aguentar os dedos doloridos, os pés convertidos em farrapos, e para não permitir que a dor entre no cérebro como uma mosca gorda e bote ovos ali. Caminha-se com dignidade ou não se caminha.

No quebra-cabeça que era a família, mamãe se sentia fora de lugar. Todos, de alguma forma, emaranhavam-se uns nos outros. O ódio mútuo os mobilizava, os fazia confrontar-se, os obrigava a um vínculo qualquer, mesmo que ínfimo. O ódio era o eixo que sustentava a casa, mas mamãe só tinha um dos alicerces: o próprio rancor e nada mais, nem mesmo a esperança de que papai ou os filhos lhes fossem recíprocos, nem sequer a certeza de ser para eles outra coisa que não uma galinha poedeira com sapatos de salto alto vermelhos.

Mamãe sentou em frente a Calia e tirou o giz de cera de sua boca:

— Não coma isso e preste atenção em mim.

A menina a encarou por um segundo, como se surpreendida por um som inesperado. Logo em seguida pegou outro giz de cera, um qualquer, e tentou roê-lo. Mamãe insistiu:

— Para com isso. Eu sei quem você é. Sob a pele de Calia, sei que está aí. Eu te reconheço.

Ela esperava alguma reação, um gesto, um sorriso que pressagiasse a verdade, o fato de que lá dentro, no fundo daquela boca sem palavras, escondia-se a sombra da tia ou a voz de deus. Tudo o que acontecia no mundo tinha um propósito, ou não?, mamãe não conseguia mais compreender, ela de repente havia envelhecido. Sempre temera a chegada das borboletas e agora que elas haviam desaparecido sem deixar um rastro de destruição, uma impressão digital analítica do chamado de deus, mamãe sentia apenas um vazio, fome e vazio, a solidão do fracasso experimentada pelo último corredor quando todos os demais já alcançaram a linha de chegada.

— Calia, faça isso, faça isso agora, por favor — sussurrou para a menina faminta, para a menina muda que comia giz de cera. — Por que faz isso comigo? Por que me faz esperar? Me ajude. Não mereço você? Não mereço que me liberte? Onde estão as borboletas?

Mamãe não queria morrer. Mamãe, sim, queria morrer.

Acima de tudo, mamãe precisava ter um propósito.

A massa de giz de cera desapareceu sob os dentes de Calia. A menina não levantou os olhos, e mamãe desceu até o porão.

— Olá, Cassandra. Estou muito feliz que tenha voltado.

— Nunca saí daqui. Estou no outro quarto, bem ao lado.

— É jeito de falar, Cassandra. Você é sempre muito literal.

— Ok, sim, sou literal, blá-blá-blá.

— Do que deseja falar hoje?

— De você.

— De mim?

— Ou das borboletas de Calia. As borboletas que não voaram.

— Um erro de cálculo.

— ... ou um erro do destino. Sempre achei que você fosse louca. Nos contava essas histórias, você sabe, o blá-blá-blá sobre as borboletas, e eu sabia que algo estava muito errado com você.

— Alguma vez você já analisou por que é sempre passivo-agressiva? É um comportamento psicótico.

— Sim, mamãe, o que preferir... blá-blá-blá.

— Acho que você não veio aqui para dizer "sim, mamãe, o que preferir"...

— Percebe? A única coisa que você tem na vida são alguns sapatos bonitos. Quer dizer, eu não sei nada, mas você perdeu muito tempo. Você não era feia. Eu digo era porque agora nada disso restou. Você parece uma rata que deu à luz outros ratos. Ou uma mosca. Cara de mosca, blá-blá, é isso que você é.

— Quer falar hoje sobre seus desvios sexuais, Cassandra?

— Não, obrigada, meus desvios sexuais e eu estamos muito bem. Embora eu às vezes me pergunte, realmente me pergunte, quando foi a última vez que você gozou, mamãe. Deve fazer milênios. Ou, talvez, nunca tenha gozado. É por isso que analisa os desvios sexuais dos outros, para não pensar no que não tem? A terapia deve ser boa. Deve te ajudar muito.

— Você deu algum nome para sua ponte?

— Quer dizer, eu não sei nada da vida, mas com essa cara de mosca não lhe resta mais nada a fazer. Você é uma criaturinha patética. Um inseto, mamãe. Sempre quis saber se os insetos têm orgasmos.

— Você só pensa em orgasmos, Cassandra? Essa é a sua maneira de identificar a felicidade na vida? Por quê?

— É a minha maneira de identificar a liberdade, em todo caso. Não que você vá entender, a sua maneira é o blá-blá-blá. Além disso, é melhor não exigir demais de um inseto.

— Você sabe que o ódio pelos pais é uma forma, não tão sutil, de demostrar o ódio que sente por si mesma, Cassandra?

— Se você não é louca, se aquilo que nos contou sobre sua tia e as borboletas era verdadeiro, compreende-se por que sua família escolheu deixar você para trás e não morreu com eles. Carregar você é um exercício... vejamos, a expressão exata é... um exercício grandioso, ok?

— Por que acha isso, Cassandra?

— Quer dizer, eu não sei nada, mas ficar velha, ou quase velha, quase mosca, e saber que o melhor que restou de você não é nada mais que um par de sapatos de salto alto... Sei lá, eu não sei nada, mas você é uma fracassada, mamãe.

— Por que você acha isso, Cassandra?

— As borboletas não te escolheram. Papai... bom, para ele, você tem menos importância do que uma mesa lotada de carimbos. Calia prefere comer giz de cera a te olhar, e eu acredito que você seja uma mosca.

— E Caleb...?

— Caleb? Ele quer te matar. Quer dizer, eu não sei nada, provavelmente matar não seja algo simples. Caleb é um *milk-shake* de hormônios, fala muita merda e é possível que nunca faça nada com você. Mas o desejo está ali... Bom, mamãe, que pena.

— Você é um monstro, menina.

— É uma pena que você tenha que esperar as borboletas para se suicidar, que precise de um pretexto.

— Você é um monstro, Cassandra.

— Sim, sim, eu sei, blá-blá, monstro, blá, borboleta, blá-blá, salto alto, blá-blá-blá, fracasso, cara de mosca. Pense em outras coisas, por favor. Seja inteligente ao menos uma vez. Existem métodos bastante higiênicos. Ou, bem, não tão higiênicos, sei lá, mas existem métodos. Nem todos têm asas. Você não precisa de Calia. Você pode fazer algo sozinha nesta vida. Pode fazer algo por si mesma. Sabe? Desaparecer. As borboletas, se olharmos dessa forma, não passam de um elemento utilitário.

O porão era um espaço úmido, onde os vapores da claustrofobia e do confinamento se amalgamaram. Mamãe sentiu que não seria capaz de dar mais um passo para baixo, malditos pés e malditos dedos, malditos sapatos de salto vermelhos de sola preta, os mais bonitos, maldito vestido florido: em tudo começava a impregnar aquele cheiro de porão, aquele cheiro de decomposição, agridoce. Nem um passo, nem um passo a mais, havia tempo para se arrepender, voar para longe do porão, para longe do quebra-cabeça de Caleb, por acaso você não percebe que não é parte da obra? O que vão dizer as moscas que a perseguem, o que mais vão fazer além de convidar você, insistir, bater as asas e acompanhá-la, você não está sozinha, mamãe, fique tranquila, nós somos as moscas, sua família, e voamos para dizer que está tudo bem, que você deve descer ao porão, nem pense em tirar os sapatos, você tem que ser muito mulher para aguentar até o último momento sem desistir, você é uma mosca ou não é, diga-nos, mamãe. E mamãe desce, escoltada pelas asinhas transparentes, pelas nuvens de moscas, e somente agora mamãe nota sua existência, de onde saíra essa nuvem, antes a casa tinha insetos, tinha moscas, mas não tantas, nem tão inteligentes, nem zumbiam com tanta música, som das asinhas, sinfonia de asinhas, canção de ninar. Vá dormir, mamãe, vá dormir agora, você é uma mosca ou não é.

Os insetos pousam no vestido florido, nos sapatos vermelhos, na pele da mãe, esvoaçam sobre seu cabelo, a mulher é o habitáculo, o recinto, a casa das tiranas. Mamãe desce. Eis a obra, o altar da podridão do qual as moscas se alimentam. A mulher tinha chegado ao último recinto onde os cadáveres dos animais, onde as oferendas de Caleb repousam em descanso eterno ou atividade eterna, quem disse que na morte não há movimento? As moscas zumbem, as moscas dizem não somos borboletas, mas nosso país é divertido, nossas asinhas não torturam em vão, tudo tem um propósito, e esse propósito é você. Em frente ao altar, mamãe para e espirra. Há poeira no porão, o acúmulo da decadência. O porão poderia ser a história do país ou a história da família, mas uma reflexão semelhante, embora acertada, que diferença faz agora?

As moscas zumbem, e mamãe obedece, procura, encontra a corda, esquecida como tantas outras coisas sem sentido entre pacotes, embrulhos, malas, tudo encostado. A corda, não mais encostada, torna-se um nó. Mamãe não é boa em dar nós, mas as moscas a incentivam, vamos lá, um nó simples, amarre forte a ponta da corda e de lá direto para a viga, coloque ali embaixo a cadeira. Mamãe se anima, se endurece, não é ainda o rigor da morte, mas outro tipo de medo, o medo de fracassar também nesse último propósito da vida que é cruzar a soleira e cair na brecha do coelho, isto é, na cavidade das moscas. Ser uma fracassada não é um assunto fácil, mas um trauma. E se o nó não for forte, se a corda for comprida demais, e se doer, as moscas zumbem tranquilidade em resposta a essas perguntas, e mamãe sabe: é preciso ter muitos ovários para se suicidar, é preciso ter muitos ovários para subir na cadeira de salto alto, com os dedos machucados, com bolhas, é preciso ter muitos ovários para pular sem que os sapatos caiam dos pés bem em frente ao monumento, em frente ao altar das moscas. É preciso ter muitos ovários para cambalear de um lado para o outro como uma galinha, có-có-có, afogada, có-có-có, uma galinha com a cabeça dentro de um aro de fogo, có-có-có, sem respirar, có, a galinha já não respira, mas, no último instante de ar, mamãe sente o orgasmo da inconsciência subir pelas pernas e se apoderar do cérebro, o orgasmo é infinito, não é mais o orgasmo da vida, mas o da morte, o corpo balança, balança, có.

Para as moscas, o banquete começou. Todas elas, em uníssono, cobrem mamãe, e quase se pode dizer que tal ato é algo próximo da poesia ou da loucura. As moscas voam juntas, como se obedecessem a uma ordem, e ainda assim caminham à vontade na língua cada vez mais escura de mamãe e em seus sapatos de salto vermelhos. Então entram na cavidade bucal.

Como sempre gostei da cor preta, não tive problemas em abrir o armário onde as roupas da mamãe estavam penduradas. As roupas penduradas em cabides, que ironia trágica, assim como mamãe na corda. Escolhi um vestido, o mais bonito, um preto com renda que combinava bem com meu cabelo e a cor dos meus olhos, o qual sempre invejei. Quase me servia perfeitamente. Ao vesti-lo, parecia que eu estava me cobrindo com a pele de mamãe, e é preciso ressaltar que aquele foi o momento ideal porque ele me viu, papai me viu, não havia emoção em sua voz quando ele disse:

— Você se parece demais com sua mãe. — Uma frase batida que só pode ser respondida com certa condescendência e um sorriso que nem tentei tornar verossímil demais.

Ele é um filho da puta, ok, não me esqueci disso. Papai é um filho da puta, o que nos torna netos da puta. Embora ele não use mais o prefixo merda para acompanhar nossos nomes nem gagueje, há coisas que não se apagam, que não saem da minha cabeça. Acho que é uma questão de vingança e satisfação pessoal.

Foi ele quem desceu ao porão para procurá-la, principescamente, agora é engraçado, mas naquele momento papai gritava e até parecia um homem apaixonado quando encontrou o quebra-cabeça de Caleb, o quebra-cabeça ou a obra de arte, e mamãe diante dele como a peça faltante, como a conclusão da obra, mamãe coberta de moscas:

— Putas, desgraçadas, dissidentes! — gritou papai, e tentou espantá-las sem sucesso, pois já se sabe sobre a persistência dos insetos, sobre seu hábito de grudar em corpos que começam a se decompor. Já se sabe que as moscas têm um olfato melhor que o nosso, e aquele era um exemplo perfeito: mamãe havia se tornado uma carcaça, e as moscas estavam em cima dela, antecipando o banquete, a orgia zumbente, a alegria zumbente, há comida para todos, a carne de mamãe era comida suficiente, o verdadeiro altar.

Acho que as moscas demoraram a se convencer da persistência daquele homem que as espantava. Enxotadas repetidamente, elas foram se retirando, abandonando o cadáver e se contentando em voar sobre a cabeça de mamãe e papai. Algumas, as mais ousadas, pousaram nas mãos do vivo e na língua da morta. Que lugares lindos, que jardins perfeitos aqueles dois lugares eram para as moscas.

Papai nos chamou:

— Caleb! Cassandra! — E um pouco depois também: — Calia! — Como se pronunciar aquele nome servisse para alguma coisa.

Calia, é claro, ignorou o chamado. Continuou mascando giz de cera e desenhou uma nova mosca, anatomicamente perfeita, na folha em branco. Mas era apenas isso, uma mosca em um papel em branco, o esboço de uma criança genial, e eu não via mais movimento de asas, não havia vida. Caleb se inclinou sobre meus ombros e olhou para a folha e o desenho, então deu de ombros sem dizer nada. A Calia, não se pedem explicações. Ela não vai abrir a boca, ela nunca vai nos contar se as moscas alguma vez estiveram vivas ou foram apenas o reflexo da nossa imaginação, a miragem do confinamento e o desejo de vingança. Caleb deu de ombros novamente. Sabe tão bem quanto eu que ouvíamos as canções das moscas, que as canções foram nossas companheiras, mas até mesmo o eco daquele zumbido começava agora a desaparecer como o desenho estranho de uma menina.

Lá embaixo, no porão, papai nos chamou novamente:

— Caleb! Cassandra!

Demoramos para descer. A verdade é que tínhamos sérias dúvidas. E se fosse mais uma daquelas provas de papai, feita para verificar se éramos fiéis ou conferir nossos níveis de reação ou capacidade de retenção? Agora, nunca sabíamos quando estávamos ou não em uma prova, nossa casa e o laboratório de interrogação haviam se tornado lugares muito semelhantes. O medo nos motivava a ficar ali dentro, no refúgio de nossos quartos.

— Papai está no porão — sussurrou Caleb atrás de mim, apontando lá para baixo, para o lugar de onde vinha a voz do nosso pai.

As mãos de meu irmão tremiam. Um lugar-comum e tudo o mais, mas tremiam. Certamente ele estava imaginando que papai havia encontrado sua obra de arte com partes de coelhinhos e pedaços de animais camicase e que agora viria a retaliação, a verdadeira hora dos acontecimentos, o momento em que papai se transmutaria no chefe do laboratório de interrogação e esmagaria mãos, arrancaria unhas, chamaria seus cães treinados, enfiaria a cabeça de cada um no vaso sanitário e daria a descarga depois de nos escalpelar.

— O que vamos fazer? — Caleb me perguntou com uma careta.

E, claro, finalmente heroína, respondi:

— Vamos descer...

— Vamos descer?

— Somos dois contra um, Caleb. Se ele tocar em um único fio de cabelo nosso, faremos o porco-mor pagar.

— Mas como...?

Ok. A verdade é que nunca fui favorável a sacrifícios de coelhos nem apoiei o tão questionável quebra-cabeça que Caleb fazia com os ossos dos animais suicidas. Mamãe acertou: sou um monstro, mas um tipo diferente de monstro. Na época, no entanto, Caleb e eu éramos o que poderia ser chamado de... família, ou algo do tipo que unia os filamentos do nosso DNA ao nosso impulso de sobrevivência.

— Quebramos a cabeça dele? — Caleb se aventurou. — Ou a... esmagamos?

— Pode ser. Com um martelo. Ou uma pá. Ah, isso. Você tem uma pá?

— Não.

— Um martelo, então?

Os olhos do meu irmão ficaram loucos:

— Sério, Cassandra?

— Olha só, mata-coelhos, o que está lá embaixo no porão é a sua obra, quer que eu te deixe sozinho nessa?

Seu silêncio foi resposta suficiente.

— Acalme-se, mata-coelhos. Quebrar uma cabeça é como quebrar uma abóbora... acho — eu disse, e imediatamente senti náuseas. Na verdade, não gosto muito da ideia de matar, e muito menos quando se trata do nosso pai, mas as coisas são assim, tudo depende da adaptação, e, quando se trata de improvisar de acordo com as circunstâncias, eu me considero uma diva.

Uma das poucas virtudes do meu irmão Caleb é, justamente, ser um menino prático. Não era preciso telepatia para ler seus pensamentos, que já eram, como tudo nesta casa, pensamentos de moscas: esvoaçavam sobre seus olhos, seu olhar era a partitura ideal sobre a qual estava escrita a ideia da morte. Deve-se reconhecer que, por causa de sua proximidade com o ceifador, por ele ser um anjinho apocalíptico ou o rei dos suicídios de animais, Caleb tinha experiência com tais assuntos. Imediatamente, suas mãos pararam de tremer e sua boca mostrou um ricto que, em outra circunstância ou lugar, teria sido engraçado; mas não aqui, não agora que Caleb procurava uma arma, um objeto contundente, como um martelo ou uma engenhoca medieval esmagadora de cabeças. Um esforço inútil. Resumo suas ações com esta frase, um esforço totalmente inútil, o pai torturador não permitia objetos perigosos na casa, em seu mundo idílico onde vivia apenas a família. Caleb deu de ombros e recitou algo que soou como um poema recém-aprendido:

— Se o empurrarmos com força contra a parede, afundaremos seu crânio.

— Levarei um pedaço de massa encefálica como oferenda à minha amada — disse eu, juntando-me à trágica improvisação.

Caleb, como sempre, deu de ombros.

— Fode-pontes.

Então descemos. Os conspiradores. Os bárbaros. Os adolescentes primitivos estavam prontos para o sacrifício. Papai ainda gritava:

— Caleb! Cassandra!... Calia!

Havia pouca luz lá embaixo, mas era impossível que o cadáver de mamãe não se destacasse no meio de toda aquela desordem. Era um cadáver bonito. Quando digo bonito, não me refiro às questões óbvias, biológicas, de todo enforcamento, os fluidos que vazam, uma indignidade óbvia na qual mamãe não pensou, certamente não, porque ela usava seu vestido florido. Mamãe era uma primavera enforcada, e calçava os sapatos vermelhos com sola preta, aqueles sapatos que só produziam bolhas, mas valiam a pena. Para ser bonita, é preciso ter os pés destroçados, esse era o hino de mamãe, que nunca mais questionará o que era ser bonita ou não, o que era ter os pés destroçados ou não, se era ou não uma boa mãe, agora ela não pensaria em nada porque, se acaso na morte ainda existissem ideias, ela estaria concentrada apenas nas moscas, em suas novas companheiras de viagem que, naquele exato momento, cobriam seu cadáver de cima a baixo. Que exagerada eu sou, quase a cobriam, aqui e ali dava para ver um pedaço de tecido do vestido, a ponta do sapato ou um dedo de mamãe, e perto dela estava o homem-mosca, ou seja, papai, e seus gritos:

— Caleb! Cassandra!

Ele logo nos viu ou ouviu nossos passos:

— Ajudem-me a baixar sua mãe! — E então: — Calia não deve vê-la! Não queremos que a menina fique traumatizada!

Quando alguém odeia seus pais, como eu, é muito fácil encontrar imperfeições neles. Então eis que o porco-mor agora se importava com Calia! Com os traumas de Calia! Existem ironias, e nem todas são trágicas, nem sequer dramáticas, mas risíveis, ou melhor, tragicômicas, então nesse momento tive de reunir toda a minha paciência em um mesmo segmento, recolher minha paciência despedaçada e organizá-la cuidadosamente, para que diante do augusto cadáver de mamãe eu não soltasse uma risada nervosa ou uma risada tragicômica.

É muito difícil ser Cassandra. Eu já disse.

Papai virou as costas para nós e continuou com a tarefa de espantar moscas e engolir algumas outras no processo, já que falava muito, não fechava a boca, não se cansava de dar ordens:

— Peguem um pano e ajudem! Espantem as moscas! Insetos malditos!

Olhei para Caleb. Não era necessário que meu irmão fosse um telepata: minha ideia era tão clara que somente um idiota mata-coelhos como ele não teria notado. Papai, de costas. Ignorando tudo o que não fosse mamãe pendurada como uma colcha cheia de flores e moscas. O momento preciso. Era tudo o que precisávamos, ok?, incluindo o fator surpresa. Contra papai. Cabeça ao chão. Abóbora quebrada. Mas Caleb trocou um olhar comigo e deu de ombros:

— Nós não podemos deixá-la ali — sussurrou ele.

Meu gentil irmão, o mata-coelhos, o anjinho da morte...

Cacaleb se aproximou de papai e das moscas, e já sabemos o que aconteceu em seguida, não é preciso ser um gênio para descobrir, basta seguir os vestígios desta história e logo tudo se revela: as moscas sentiram a presença de Caleb e imediatamente tiveram vontade de morrer, abandonaram a língua escura de mamãe, pararam de se empoleirar em papai e começaram uma luta ruidosa para serem as primeiras a tocar o anjo anunciador da morte.

Tudo acabou rápido. A manta de insetos cobriu o chão do porão, e o cadáver de mamãe apareceu na nossa frente, uma coisa oscilante, uma coisa linda, ok?, digo linda porque tenho conceitos bem alicerçados a respeito da ideia de beleza.

Papai, sem uma lágrima nos olhos, acabou baixando o corpo. O resultado? Um salto quebrado. Mamãe teria odiado saber que seus melhores sapatos haviam sido sacrificados na tentativa de baixá-la, mas, naquele momento, ninguém mais pensava em mamãe, nem mesmo Calia, que continuava a desenhar lá em cima, moscas e moscas, uma fábrica muito útil que cumpria com seus planos criativos.

Ouvi a voz de papai:

— O mundo perdeu uma excelente mãe e esposa — recitou como se estivesse discursando, e eu diria, embora não ouse ir tão longe, que ele enxugou uma lágrima falsa e tragicômica de seu rosto de homem-mosca.

O que ocorreu a seguir é um pouco decepcionante. A verdade é que eu teria adorado um longo velório, ao fim e ao cabo, teríamos justificativa para sair do confinamento e, quem sabe, fiz meus cálculos, entre lágrimas, entre suspiros dos enlutados e fingidores, eu poderia escapar, correr rua acima, oito quadras, até onde meu amor shakespeariano imóvel me esperava, pronta para me deixar esfregar a pele contra sua estrutura, pronta para me fornecer novamente a bênção enferrujada. Até havia escolhido um vestido bonito, o preto de mamãe, que segundo meu pai me deixava igualzinha a ela, e conseguido que Calia parasse de mastigar giz de cera por um bom tempo, de modo que nós três parecíamos filhos perfeitos, enlutados e fingidores. Até Caleb fizera sua parte depois de seu patético episódio como mata-moscas humano e agora parecia um adolescente comum, órfão e cabisbaixo. A expressão em seu rosto era quase verossímil:

— Você acha que papai viu minha obra? — perguntou, enquanto sentava ao meu lado no sofá da sala.

— Sim, mas não deu importância a ela.

— Sério?

— Ele teria matado você. Talvez tenha pensado que fosse dela. Seria lógico, né? Com um comportamento assim, mamãe poderia ser a autora do... como você chama essa sua coisa?

— Quebra-cabeça.

— Isso, do quebra-cabeça.

Caleb engoliu em seco antes de dizer:

— Cassandra, tenho uma coisa para confessar.

— ... já sei, que você é um traidor e um imbecil. Que você se assustou.

— É impossível conversar com você.

Ele encolheu os ombros e mordeu o lábio inferior, então ficou em silêncio, em protesto. Pensou que isso me deixaria desconfortável, mas eu me limitei a arrumar a parte de baixo do meu vestido de princesa órfã. Foi ele que não aguentou mais:

— Você viu? Ela estava coberta de moscas, Cassandra.

— Eram as moscas de Calia — respondi. — As moscas do fim do mundo. Ou algo assim.

— Não tenho certeza disso. Você não viu os desenhos dela hoje?

— Vi, e daí?

— *Essas* moscas não estavam vivas.

— Sim, mas você também viu *as outras*, certo?, as anteriores, você se lembra também.

— Não sei, Cassandra. Talvez tenha acontecido, mas e se imaginamos tudo? — Caleb deu de ombros: — Achei que seriam borboletas. Mamãe não tinha dito que...?

— Sim, um pequeno erro de cálculo, acho. Elas também têm asas.

— Mas você não percebeu...? — Os olhos dele brilharam.

— O quê?

— Mamãe estava coberta de moscas. Diante da minha obra... Mamãe fez isso por mim.

— Isso o quê?

— Terminou meu quebra-cabeça. O corpo dela era a peça que faltava na estrutura.

— Parabéns — sussurrei no meu melhor tom irônico, que na verdade nunca pretende ser tão irônico quanto soa, mas o que se pode fazer?

— Você não entende nada — respondeu ele — dos sofrimentos na vida de um artista.

— Você é um mata-coelhos, Caleb, não um artista. Agora também é um mata-moscas humano. Pena que não tem colhões para ser um mata-pai.

— Se tudo correr bem, as moscas farão isso por nós, certo?

— Acho que sim. Talvez em algum momento — eu disse e dei de ombros, e ele respondeu com um gesto semelhante, quase idêntico. A verdade é que às vezes esqueço que ambos temos o mesmo sangue e reproduzimos os mesmos padrões.

— Não me copie. É de mau gosto.

Para toda resposta, meu irmão voltava a encolher os ombros.

Aí está: Caleb é um caso perdido.

Um caso perdido que nutria, como eu, a esperança de sair de casa graças ao velório e posterior enterro de mamãe. Era difícil dizer o que Calia queria, mas pelo menos ela não mastigava mais giz de cera e desenhava devagar, como se estivesse muito exausta ou prestes a adormecer. A todos nós faria bem um pouco de ar fresco, e tínhamos esperança de respirar um pouco mais tarde naquele dia, talvez algumas horas depois, quando papai organizasse o necessário.

Continuamos vestidos. Sentados no velho sofá da sala. Durante horas. Pacientes. Talvez papai precisasse de tempo. Ele ficara sozinho com o corpo da mamãe, lá embaixo.

Conta-se rápido, mas o tempo é um filho da puta.

Quando papai apareceu, nem sequer fez contato visual conosco:

— Para seus quartos. — Foi sua ordem.

— Queremos nos despedir da mamãe — exigi no meu melhor tom melodramático de órfã primogênita. — É nosso direito. Queremos ir ao velório.

— Não haverá velório.

— Você vai deixar o corpo dela apodrecer lá embaixo?

Os olhos de papai mostraram todo o seu horror:

— Cremação — respondeu.

Assim morriam nossas esperanças de sair de casa.

Assim morria minha ilusão de me unir às estruturas da minha amada e me converter em parte de sua ferrugem.

Até Caleb parecia mortificado. Talvez tivesse esperança de ver Tunísia no velório. Uma esperança muito difusa, é verdade, mas, ao fim e ao cabo, a prima era da família, mamãe havia se enforcado, não era um dia como outro qualquer, os milagres existem, e Caleb sonhava com o dele.

— Para seus quartos — papai reiterou a ordem. — Agora.

E obedecemos. A voz de papai estava trêmula, como sempre acontece antes de uma explosão de raiva.

O medo é um filho da puta.

Um grande filho da puta.

Não se ouviam mais os passos de mamãe dentro de casa, aquele barulho de saltos marcado por meio do qual podíamos ter uma ideia precisa da hora.

Bem, acho que esta é a grande vingança que mamãe planejou: nos deixar sozinhos com ele e o som de seus passos, muito mais discretos que as agulhadas dos saltos no chão.

Papai caminha pelo corredor.

Agora há apenas os zumbidos das moscas, que não param de chegar. Já não sei se nascem das páginas de Calia ou se são atraídas pelo cadáver recente. Já não sei, mas aqui estão elas.

Algo mudou no laboratório que é a casa. A menina percebe isso e tentar comer um giz de cera, embora sempre exista a mão que o tira de sua boca antes que consiga mastigá-lo. O giz de cera tem sabor particular, os vermelhos e os azuis são seus favoritos, são triturados lentamente, e depois o sabor vermelho e azul invade os dentes e a língua. Às vezes ela cospe giz de cera, pois nem todos os fragmentos podem ser engolidos, alguns se recusam a passar pela garganta e retornam ao lugar de origem, à cavidade da língua, e ali permanecem, material ruminante, fragmentário. Calia se irrita porque existe a mão que não se afasta de sua boca, vem e a vasculha. Por que a mão lhe tira o giz de cera, o rouba, abre sua mandíbula e pega o material ruminante, mas a mão não responde a essa questão, a mão se limita a fazer o que tem vontade porque acredita possuir a coroa do laboratório que é a casa e a chave da boca da menina. Quão equivocada está a mão e quanto ela vai se lamentar. Mãos de homem, que são as piores, de dedos gordos.

Hoje, Calia não desenha, as folhas e as cores desaparecem, assim como a luz do sol.

Tudo está escuro no laboratório.

Calia demora para se dar conta de outras mudanças menos perceptíveis. Não as percebe de imediato porque são mudanças que não afetam seu corpo, que não violam sua boca nem roubam seus pertences. No entanto, depois de um tempo, Calia percebe que falta uma voz, faltam sons na casa. É estranho descobrir que certos sons desaparecem e começam a ser substituídos por outros. O taque-taque não existe mais, agora se ouve um zum-zum, às vezes ela até nota como as moscas pousam na mão do homem.

Calia não tem ideia do significado da palavra vingança, mas algo dentro dela se move, e esse algo é positivo, quente, confortável, ela sabe que a mão do homem não gosta das asinhas, nem do zum-zum, e que as moscas são persistentes e não obedecem a ninguém, exceto Calia, a única a quem não incomodam.

Os olhos de Calia são rápidos para o desenho, para identificar as linhas corretas dos rabiscos. Como o mundo inteiro é um grande desenho, uma grande folha em branco, Calia vive seus dias em profunda observação. Por exemplo, sabe que as linhas da casa não são perfeitas, mas tortas, que há desordem. O caos é o oposto da criação ordenada. Destacam-se os objetos que abandonaram seu lugar original. Calia descobre de pronto, por exemplo, um vaso no centro da sala que nunca esteve lá, mas na prateleira, e na prateleira há uma urna, que nunca existiu antes, e, se Calia se esforçasse ainda mais, se prestasse atenção nos sons, saberia que dentro da urna se escuta, contudo, o taque-taque de alguns passos, isto é, o taque-taque de fragmentos de ossos, o taque--taque de um pó. Sorte que a urna está fechada, porque as moscas são persistentes e desejam entrar ali também. Não querem que nenhum espaço da casa lhes seja proibido, exceto o corpo de deus, o corpo de Calia. Todo o resto pertence às moscas, realmente tudo, até mesmo a urna onde as cinzas de mamãe não conseguem descansar.

Para Caleb, o pior momento do dia chega à noite, ou o que Caleb pensa que é a noite. Há evidências suficientes de que poderia ser qualquer outra hora, no mundo lá fora pode ser meio-dia, mas aquele outro universo deixou de interessar ao menino. Ele não se importa mais com nada além do som, melhor falarmos no plural, os sons que Cassandra faz. Antes eram insípidos, pensava o irmão, mas agora ganharam profundidade e força. Desde que mamãe se foi, Cassandra é a única mulher da casa, ou pelo menos um projeto de mulher em formação ou deformação. Pelos sons que produz, pode-se dizer que há algo deformado nela, algo que busca sair, assim como o monstro dos filmes, das entranhas de suas vítimas em uma explosão. Os sons são na verdade gemidos ou balbucios, e Caleb não é um idiota, percebe o que está acontecendo ao seu redor, sabe o que significa a trilha sonora da noite, sabe o que Cassandra faz, e deduz com o que ela faz isso: uma lente de câmera fotográfica, a cadeira favorita, algum objeto que temporariamente substituiu um grande amor impossível, porque a carne é fraca, e talvez o ferro, a alvenaria, o cimento, o cascalho, as peças mecânicas também o sejam, melhor presumir que sim.

Caleb não sabe se papai ouve os mesmos gemidos que chegam ao quarto do menino. É provável, papai não é surdo, mas aprendeu a ser quando as circunstâncias exigem. Adaptação e sobrevivência. Se papai confrontasse os gemidos de

Cassandra, arriscaria perder seus pedacinhos de poder, seu laboratório familiar, a única coisa que havia restado de sua glória passada. E o que é a glória passada senão o direito de dispor sobre a fome dos filhos, sobre seus corpos, sobre sua vontade de sair ou não, de desenhar ou não, de ser ou não ser, e tem ido muito bem, tem sido um ditador eloquente e severo, que recompensa e pune de acordo com o comportamento de seu povo. Um povo que, devido a acontecimentos recentes, foi reduzido a três habitantes humanos e milhares de moscas. Presumimos que o número de habitantes humanos permanecerá inalterado nos próximos anos, mas a população de moscas crescerá. Em todo caso, papai ditador não quer se expor, porque em qualquer ditadura há rebeldes e há gemidos de rebeldes, não importa se são uivos que a dor da tortura provoca ou sons de prazer, ambos um símbolo de que algo está acontecendo no calor do medo, algo que não é exatamente medo, mas uma meia esperança.

Sempre que há reação há ação, e homens como papai sabem disso, os ditadores sabem disso. Onde há dor e orgasmos há um ser vivo, e um ser vivo é algo perigoso, algo a ser evitado. Papai luta e tenta fazer do lar um cemitério, uma cova aberta onde a obediência seja a única coisa que se respira e sente. É melhor ignorar Cassandra e seus desvios. Em toda obra humana existem falhas. Talvez papai se conforte com essas mesmas palavras. É bom saber que nada é perfeito, e está comprovado que há sangue ruim na família, basta olhar para os filhos ou contemplar a urna onde mamãe e seus sapatos de salto foram reduzidos a cinzas nos fornos do crematório.

Caleb tenta dormir. Em algumas horas ou alguns minutos, nunca se sabe, papai se levantará, fará sua incursão pelos quartos. Quem sabe o que poderá encontrar no de Cassandra. Quem sabe se um dia papai a fará pagar pelos orgasmos e gemidos. Agora é preciso dormir, e Caleb tenta com todas as forças, com o que resta de sanidade dentro dele, mas Cassandra é óbvia demais, nem tenta mais esconder isso. Se Caleb prestasse atenção, poderia até ouvir como a pele se esfrega contra a superfície do objeto, detalhes suficientes para deixar a imaginação correr solta, até mesmo uma imaginação tão limitada quanto a de Caleb, que só pensa na prima Tunísia, a menina perdida. Quem sabe se Tunísia geme como Cassandra, será ou não será, agora que Caleb pintou esse quadro dentro de sua mente, ele não se apaga.

A casa trancada é um laboratório, sim, mas não o laboratório onde o pai prepara sua energia individual, mas o lugar onde outras ideias são aquecidas, maldito vapor de verão, a casa é o laboratório da irmã mais velha e também de Caleb, e até Calia tem recursos próprios. As moscas são uma extensão da irmã mais nova. As moscas têm um propósito: torturar a todos, a papai mais que aos outros, mas a tortura está aí, na presença constante do zumbido, que se mistura com o orgasmo de Cassandra. Melhor dizer desta maneira: as moscas pousam no orgasmo de Cassandra. Caleb descobriu que a casa já não é apenas um laboratório, mas uma panela de pressão. A válvula está prestes a sair, e tudo irá pelos ares, até mesmo sua imagem de Tunísia, sua memória borrada.

A ronda de papai começou. Visita os quartos. Um a um. Nunca abre as cortinas. O sol não existe mais. Papai pigarreia antes de entrar no quarto de Cassandra, mas ela, lá dentro, não tem pressa, quer gozar primeiro, não renunciará ao orgasmo. É por isso que papai se demora diante da porta, ele pode até hesitar, bater ou não bater, entrar ou não entrar, com os rebeldes nunca se sabe, e com os orgasmos de rebeldes menos ainda.

O homem confia no descanso dos mortos. Não acredita que exista vida além do alcance desta que temos entre as mãos. E é preciso confiar nisso porque, se os mortos estivessem inquietos, que noites ruins teria o homem, noites recobertas de lembranças, não somente as memórias dos sapatos de mamãe, mas lembranças de outro tipo, dos prisioneiros que ele conheceu há muito tempo e, sobretudo, destes filhos que ele agora começa a entender.

A lembrança o atormenta, sim, porém o incomoda mais a presença das moscas. A princípio, pensou que era tudo culpa daquele altar de podridão e ossos deteriorados que encontrara no porão na tarde do suicídio. Levantou todos aqueles ossos, destruiu a composição das peças onde se juntavam pedaços diversos de couro seco e lascas de osso e torceu para que o cheiro desaparecesse, que o cheiro levasse as moscas para longe, bem longe dele e de sua família. Em seguida, evitou pensar naquele altar. Evitou que a suspeita o levasse a apontar o dedo para o possível grande arquiteto, para a possível grande arquiteta. É melhor culpar os mortos. É melhor culpar a morta e não enfrentar a matilha dos rebeldes.

Uma mosca gulosa esvoaça sobre sua cabeça. Insistente, a mosca. Talvez não seja apenas uma, mas muitas, por isso voam radiantes entre zumbidos e assobios, malditas moscas, filhas de outras malditas moscas que se reproduzem à noite. É impossível pactuar com elas, é impossível chegar a um acordo, a uma trégua. O homem das medalhas não se acostuma com a insistência das moscas que voam sobre sua cabeça, que tentam entrar em sua boca, que se aproximam das narinas, que estão por toda parte, em suma, e com suas asinhas malditas destroem todos os lugares que tocam.

A manhã em que Calia começou a falar foi igual a tantas outras. Não se pode apontar um evento extraordinário que tenha estabelecido um roteiro, um antes ou um depois. Não houve nada fora do comum, exceto o fato de que a garota, pela primeira vez na vida, deixou gizes de cera, lápis, canetas e folhas de papel em branco em um canto da sala e disse:

— Deus é uma mosca gorda.

Ela pronunciou com clareza, sem gaguejar, sem reter as sílabas, então tossiu, talvez engasgando com as palavras:

— Eu não gosto de beterraba. — E insistiu: — Beterraba não é comida.

Papai espantou as próprias ideias para se concentrar na voz daquela menina que nunca antes sentira necessidade de falar:

— O quê? — insistiu papai.

— Quero *cake*. — E com tal frase, ao que parecia, concluiu seu discurso.

Uma mosca grande, a gordinha que insistia em entrar na boca do papai, teve sorte dessa vez, encontrou a cavidade aberta e voou para dentro, em uma viagem sem volta. Papai teve de cuspi-la, meio mastigada, no chão. O inseto ainda estava vivo, quase partido em dois pelos dentes do homem. Tentou bater as asas ou se arrastar pelo chão, mas papai tinha fome de vingança: seu sapato esmagou a mosca.

— Você não deveria ter feito isso, papai. — Calia deu de ombros: era o mesmo gesto que seus dois irmãos mais velhos repetiam à exaustão, um gesto tolo, quase aborrecido. — As moscas não gostam de rebeldes como você. E Deus Mosca está de olho em você.

— Deus o quê...? — Papai sentiu as palavras começarem a se arrastar. Era um sintoma da gagueira aparecendo na boca.

— ... Deus Mosca observa os rebeldes — repetiu Calia, o tom de sua voz era rouco e exausto, ela parecia cansada de ter de repetir as mesmas palavras que não foram compreendidas de imediato. — Deus Mosca diz que chegou a hora. Já sabe, aquela hora. A sua. A de morrer.

Assim disse a menina e, imediatamente, voltou a seus desenhos.

Antes de Calia e Caleb nascerem, eu era simplesmente Cassandra.

Agora, não. Agora faço parte de uma trindade indissolúvel.

Fui deslocada do meu papel de protagonista para o de testemunha. Todas as manhãs eu me sento na sala e observo minha irmã Calia e seus trabalhos criativos.

A página em branco é uma arca: nela cabe tudo, qualquer tipo de existência é possível. Não vou parar para contar passo a passo o que isso significa, mas Calia é muito imaginativa.

— Cassandra — ela me diz às vezes quando levanta os olhos —, não gosto de beterraba, pegue algo para eu comer. Algo que não seja beterraba.

Obedeço em silêncio. Agora é Calia quem fala, e eu que aprendi a ser prudente. Medo? Sim, acho que sim. Não há melhor maneira de ser prudente do que fechar a boca e abrir a geladeira. Um pouco de comida podre resta lá dentro, mas Calia não parece se importar que o bolo esteja duro, os tomates um pouco ácidos ou o pão mofado. Qualquer coisa, exceto beterraba, estará bem para ela. Ela não reclama muito quando mastiga as coisas velhas, as sobras que papai guardou na geladeira, a confusão dos dias passados.

Mastiga e engole.

Mastiga e engole.

Desenha.

— Onde está papai? — ousei fazer-lhe essa pergunta esta manhã. — O que você fez com ele?

— Papai está lá em cima — respondeu ela com sua nova voz, a voz que eu ainda não aturo. — Converse com o Deus Mosca. O Deus Mosca o deixou de castigo.

Papai nunca foi bom, é verdade.

Acho que ser um bom *algo*, um bom qualquer coisa, sei lá, por exemplo um bom homem, é algo difícil.

Ele tentou ser um bom ditador doméstico, isso, sim: há esforços que devem ser reconhecidos, custe o que custar.

Quando subo a seu quarto, não o faço por dó, não o faço porque sinto pena da sua solidão de rei destronado. Subo porque estou curiosa. A curiosidade da criança que corta o peito do lagarto com a justificativa de que só assim poderá ver se seu coração bate.

A porta do quarto do papai não tem chave, e o quarto do papai está escuro, mas meus olhos se acostumam.

O corpo humano é adaptável, e papai está em seu próprio laboratório de perguntas, em seu próprio equipamento de ditador: ele sentou em algum móvel antigo, talvez uma poltrona, ou na beira da cama. A princípio, parece-me que está sozinho. Um pobre velho sozinho. Uma coisinha minúscula com as costas encurvadas. Então, quando vejo melhor, quando meus olhos perscrutam a escuridão e compreendem, descubro que ele está vestido com seus trajes militares e suas medalhas.

Então ouço o zumbido.

Na verdade, o zumbido sempre esteve lá. Já faz parte da trilha sonora da casa. É por isso que demoro a me dar conta. As moscas há muito fazem parte desta família, deste laboratório de pequenos e grandes ditadores.

Se as moscas obedecem a alguém, é a Calia.

Elas têm sua própria ética de zumbidos.

E conhecem a vingança.

Estão lá, sobre o corpo do papai, sobre tudo que já pertenceu a ele, e botam seus ovos, e sussurram suas aventuras de moscas, e cagam nas medalhas, na pele e no uniforme. Papai é o banheiro público das moscas. Papai é o mictório do Deus Mosca. Papai não fala mais. Parou de proferir qualquer palavra. Também parou de reagir.

— Ei — digo conforme me aproximo. — Ei, papai, responda — repito, um pouco mais alto. — Não há comida lá embaixo. Quer que eu vá buscar alguma coisa?

Os mortos-vivos dos livros teriam tido uma reação mais evidente. Papai, não. Papai nem sequer é um morto-vivo, nem sequer respira como as cinzas da mamãe, lá embaixo, na urna.

Chego mais perto dele e pego suas chaves, as chaves onde a merda dos insetos se acumula.

Fecho a porta atrás de mim. A última coisa que vejo é a silhueta de papai, cada vez mais coberto pelas moscas que fazem parte de sua natureza, de sua respiração, de seu processo biológico.

O zumbido não desaparece.

— Beterraba, não — me lembra Calia ao me ver abrir a porta da casa pela primeira vez em dois meses.

Epílogo

O final desta história é muito simples, então vou desistir de contá-lo como uma tragédia shakespeariana, que é o que eu realmente gostaria de fazer, em honra da verossimilhança.

Nunca fomos normais. Nem antes, nem depois de o verão terminar e as portas da casa se abrirem novamente. Nós três crescemos à nossa maneira, como crescem os filhos dos culpados.

Crescemos neste país, sob a tirania das moscas. E afirmo isso, ok?, porque elas nunca nos abandonaram. Elas zumbem, e zumbem, e zumbem por cima de nossos sonhos e pesadelos.

Já nos acostumamos. Sabemos que as moscas não vão embora. E isso é bom para nós.

Cacassandra.

Cacaleb.

Cacalia.

Fizemos um pacto com as moscas e sua tirania, como também nos acostumamos, acho, a ser filhos de papai e a ser convertidos em cobaias de um experimento de poder durante aquele verão sem fim. Há quem tenha passado pior.

Não falarei mais do Vovô Bigode. Basta acrescentar que um dia ele morreu, como costumam morrer generais e culpados, em uma cama de velho, calmo e adormecido. Ele foi substituído por outro general que não tinha bigode, mas uma longa barba socrática, o que lhe dava a aparência peculiar de um filósofo grego ou um bardo elisabetano.

O destino de papai não foi muito diferente.

Um dia como outro qualquer ele voltou a sair de seu quarto. Gaguejava novamente. Caleb, Calia e eu voltamos a ter o prefixo merda anexado aos nossos nomes, agora para sempre. Papai estava preocupado com dinheiro, que começava a escassear. Ele sentia fome, mas na geladeira havia apenas pizza e pedaços de bolos velhos, então ele saiu para a rua, cercado por algumas moscas que insistiam em persegui-lo, e voltou logo depois, velho e cansado, com um novo emprego.

Levamos um tempo para descobrir que trabalho era aquele.

Levamos anos.

Fomos pacientes.

Quando decidiu nos contar, ele o fez sem sentir vergonha.

Ele sempre gostou de animais e zoológicos, confessou-nos, não tanto do cheiro de merda dos animais depois de uma manhã particularmente pesada em questões de evacuação alimentícia, mas quem poderia culpar os pobres bichos, a dieta de verão não era muito rica em proteínas e excessiva em frutas, de modo que não há animal ou ser humano que se levante com o estômago intacto. Em seu trabalho, papai usava um boné comum, um ancinho, uma vassoura e uma pá para recolher a merda. A princípio, o cheiro de indignidade e vergonha o derrotou, mas, com toda a honestidade, devemos admitir que nosso pai é um homem do seu tempo, um homem que sempre soube obedecer às ordens dos outros, não importa se no laboratório de interrogação ou na jaula dos macacos no cio, não importa se criando as perguntas mais sádicas para os rebeldes ou limpando os dejetos das bundas inquietas e cheias de veias da fauna símia, papai nunca hesitou em cumprir seu dever.

Ele nunca me contou se o reconheceram no zoológico. É provável. Imagino papai, dentro da jaula do macaco, com seu bonezinho anódino, a vassoura e a pá, coletando merda como se fossem os castelos de areia do seu tempo e dos seus sonhos, enquanto do outro lado da cerca, no espaço da liberdade, a mãe de uma criança levanta um dedo e aponta para a frente para que o filho veja. Nunca se saberá se ela aponta para as bundas dos macacos ou para o homem de bonezinho, papai nunca descobrirá se aquela mulher é uma sobrevivente do laboratório de interrogação que o reconheceu e agora está, com um simples gesto, apontando para ele, ou se é uma mulher como outra qualquer que deseja ensinar ao filho a proporção anatômica das bundas simiescas. Isto é o mais terrível: o fato de papai nunca saber, porque, assim, o temor sempre o acompanha. Não importa que ele não tenha mais medalhas, no fundo papai sabe que não poderá escapar do que fez, que algum dia uma mãe com outro filho, ou essa mesma mãe e esse mesmo filho, se aproximarão da gaiola para cuspir nele o peso da culpa.

Calia, Caleb e eu não somos tão torturados pelas moscas. Quase nada. Apenas um zumbido. Às vezes pousam no nosso rosto, procuram um jeito de entrar por nossos orifícios. Mas fizemos um pacto com elas, não as espantamos, convivemos em paz.

No entanto, as moscas foram cruéis com nosso pai. Se papai abre a boca, lá estão as moscas, voando rapidamente para dentro da cavidade, pousando em seus dentes do siso. Papai poderia se enganar, a decepção não é ruim se nos leva à paz, que é por causa do cheiro de merda do zoológico, que é por causa desse cheiro que as moscas o perseguem. A verdade é outra. As moscas têm identidade própria, identidade com pensamento, um pensamento que não se limita a zumbir, mas a transformar-se em vingança constante.

Papai carrega sobre as mãos, a boca e a pele uma nuvem de asas.

Em certas ocasiões, papai nos diz quanto nos ama.

Caleb dá de ombros, e Calia não presta atenção nele.

Às vezes, respondo com um meio sorriso, ou com um "sim, papai, eu sei", que é tão anódino quanto seu boné de funcionário do zoológico. Para ele é suficiente.

Todos nós fizemos um pacto com as moscas, mas só eu persisto na ideia do amor.

Existe uma aliança familiar. Quando saio de casa, todos fingem não ver. E todos fingem que não sentem meu cheiro quando volto, embora a ferrugem seja uma presença constante, ela é quase uma parte de mim, ela é minha forma e minha estrutura.

Desde o primeiro dia eu disse que esta era uma história de amor.

As moscas também sabem disso. É por isso que zumbem, e zumbem uma pequena canção romântica em meus ouvidos, ou pelo menos assim parece, as canções das moscas não se extinguem nem mesmo quando fecho os olhos.

Sobre a autora

Elaine Vilar Madruga (Havana, 1989) é considerada uma das vozes jovens mais importantes da atual cena literária cubana. Romancista, poeta e dramaturga, é graduada em Artes Cênicas, com especialização em Dramaturgia, pelo Instituto Superior de Arte de Cuba (ISA) e leciona escrita criativa. Ganhou vários prêmios nacionais e internacionais, e seu trabalho tem sido publicado em diversos países. Vilar Madruga amplifica sua voz em romances para adultos e infantojuvenis (*Los años del silencio*, 2019; *Salomé*, 2013; *Promesas de la Tierra Rota*, 2013), marcados por influências da literatura fantástica e da ficção científica, contos (*Al limite de los olivos*, 2009; *La hembra alfa*, 2013), poesia (*Sakura*, 2016), teatro (*Alter Medea*, 2014), jornalismo e crítica. *A tirania das moscas* foi publicado originalmente na Espanha, em 2022, e será lançado também na Itália, na Rússia e nos Estados Unidos.